Allain Louisfert est né en 1941 en Région
parisienne, il a vécu son enfance et une
partie de son adolescence en Normandie.
Il a passé sa vie professionnelle pour
l'essentiel dans les services informatiques
d'une banque orientée vers le soutien aux
PME, à Paris. Il est maintenant retraité,
aime lire, voyager, l'aviation, le bateau, il a
découvert l'écriture il y a peu.

Allain Louisfert

Vous souvenez-vous de Tchernobyl ?

Et quelques autres petites histoires

Romans

2

ISBN 978-2-9544483-3-6

Table des nouvelles

Avant-propos

Œuvres de fiction, toute ressemblance, etc.

Les Français sont « mauvais » en géographie

Vous vous en souvenez bien sûr de la terrible catastrophe qui s'est produite en Russie (?), en URSS (?) en quelle année ? voyons, en 1995 (hum …) plus sûr de rien ? Eh bien, pour l'URSS vous êtes dans le vrai. Tchernobyl c'est bien en Russie ? Eh non, on en parle souvent en ce moment (printemps 2014) de ce pays : c'est en **Ukraine** ![1] Il faut que je vous souffle tout ! Pour beaucoup de nos compatriotes, Russie = URSS ou l'inverse. Et pour l'année c'était en …1986.

---

[1] Wikipédia : Tchernobyl est une ville de l'oblast de Kiev, en Ukraine. Elle se trouve à 96 km au nord de Kiev.

Partout en France depuis cette date ou quelques années plus tard, on a accueilli des enfants de Tchernobyl (russes et ukrainiens, à la date de la catastrophe on n'était pas sectaire comme maintenant).

En Alsace, il y a, encore de nos jours, l'association « Les enfants de Tchernobyl », nous pourrions en citer d'autres.

Cette association parmi d'autres reçut de nombreuses petites filles et de nombreux petits garçons afin de leur permettre de s'échapper pour un temps, souvent pendant les vacances d'été, de leur quotidien.

Il y en eut des Anna (prénom russe et ukrainien), Hanna (prénom ukrainien), Klara, Ilona pour les filles, Yuriy, Anton, Filipp, Petro, Fiodor, Iaroslav pour les garçons.

Evidemment, j'ai ma petite idée, je voudrais vous raconter l'histoire d'une petite Anna qui avait quelques mois de moins que moi et avec qui j'ai souvent partagé, et mes jeux et mes pensées.

Je crois que c'est en 1993 que les Ukrainiens arrivèrent pour la première fois dans notre petit village d'Alsace : Ribeauvillé, Rappschwihr en alsacien, nous disions les « Russes » ou les « Tchernobyl » !

A cette époque Anna et moi avions autour de dix ans.
Moi je m'appelle Michel Thur, j'ai vécu tout le temps de mon enfance dans ce petit village d'Alsace.

*

Beaucoup de temps a passé

Nous nous sommes installés à Simféropol, en Crimée en 2010. Nos deux garçons, Anton, six ans, né à Kiev et Alexandr, quatre ans, né en Crimée ont déjà tous leurs repaires ici.
Je suis OPL – officier pilote de ligne – c'est à dire copilote sur le plus gros avion du monde : l'An-225 (Antonov) *Mriya* pour la compagnie ukrainienne Antonov-Airlines, dont le siège est à Kiev ; cet énorme avion hexa réacteur, peut emporter deux cent quarante tonnes, son poids total est de six cent cinquante tonnes maxi au décollage.

Dernière minute, sur 5 TV :

« Ce 24 mai, le professeur Vladimir Protkine a été assassiné chez lui, dans sa riche propriété, à Simféropol, Crimée. Il a été atteint par trois balles dont une en pleine tête ! Le meurtre remonte à quelques heures seulement, c'est son assistante qui, ne le voyant pas arriver à son cabinet pour ses consultations, a donné l'alerte.»

Quelque temps plus tard : « ce spécialiste du cancer, sosie de Vladimir Poutine, très connu pour ses recherches sur les effets de la catastrophe de Tchernobyl était un pro-russe convaincu qui n'avait pas que des amis parmi nos compatriotes ».

J'eus une pensée pour le professeur qui soignait Anna, que j'avais rencontré très récemment et avec qui j'avais eu quelques mots, j'eus un frisson dans le dos en apprenant cette terrible nouvelle.

*

Presque chaque été Anna eut la chance, si l'on peut dire, de venir passer deux ou trois semaines en Alsace, l'arrivée de l'avion nous comblait d'aise, moi surtout !

Anna était presque aussi grande que moi, la petite blonde du début laissa tout doucement la place à une enfant à la chevelure plutôt châtain avec des reflets auburn, je la trouvai toujours plus belle avec ses petites taches de rousseur, ses yeux qui restaient bleu ciel, une jolie bouche dont une dent était – très – légèrement décalée, un nez fin. Elle était plutôt introvertie, elle est restée un tout petit peu timide ce qui ne veut pas dire qu'elle se laisse « marcher sur les pieds ! ». Elle est svelte, ce qui n'est pas mon cas. Moi je me trouve « pas mal », seuls mes sourcils un peu épais étonnaient un peu quand j'étais enfant pour quelqu'un de type, disons germanique (blond tirant sur le roux avec les années), je n'étais pas du genre très raffiné, me disait-on mais ça ne me touchait pas outre mesure, je n'avais pas (et n'ai toujours pas) une allure très sportive ! Je suis – encore – légèrement timide mais je sais ce que je veux. Je suis de grande taille maintenant.

*

Tchernobyl, pour nous les enfants des environs de Ribeauvillé, c'est loin, enfin je veux parler de la catastrophe, bien sûr les plus jeunes d'entre nous n'en ont plus un souvenir bien précis, voire plus aucun, c'est surtout nos parents qui ont été profondément marqués par ce ballet incessant d'hélicoptères MI-6 dont les

11

pilotes et opérateurs chargés de jeter des centaines de tonnes de plomb sur le réacteur incontrôlable seraient voués à une mort certaine.

La catastrophe de la centrale nucléaire coûta plusieurs milliers de vies, les autorités soviétiques – tout au moins au début – minimisèrent l'accident mais durent accepter l'évidence et « déporter » si l'on ose dire des milliers d'habitants de Tchernobyl et environs dans des villes qui se trouvaient à des dizaines de kilomètres. N'oublions pas que la Biélorussie et la Russie elle-même furent touchées. La famille d'Anna emménagea à Kiev, ulitsa (rue) Irininskaya.

Nous étions trois enfants à la maison, ma sœur aînée Laura, mon frère Théo de deux ans mon cadet et moi.

Les premiers jours, en 1993, Anna était complètement perdue parmi nous, ne connaissant pas un traître mot mais les enfants ayant une faculté d'accommodation bien supérieure à celle des adultes, après quelque temps elle faisait déjà partie du groupe.

Notre père est employé à l'Office des Eaux et Forêts et lorsqu'il a un peu de temps libre – ça arrive quelquefois – il s'occupe de notre vigne, à l'écart du village, sur la route des vins.

Maman est enseignante, elle a beaucoup de travail pour s'occuper de nous trois mais elle est aidée quelquefois par Laura de trois ans mon aînée (avec le temps moi aussi je participe).

L'été suivant, Anna ne put venir, j'en souffris beaucoup, heureusement nous nous écrivions, mes parents ne trouvaient rien à « redire ».

La langue ukrainienne ne passe pas pour être une langue facile, je faisais quelques progrès, je me mettais au Russe aussi, très utilisé là-bas, c'est bien différent de l'Ukrainien.

L'année suivante je l'attendais de pied ferme, elle faillit ne pas venir encore une fois, pour des « problèmes de papiers » mais cela s'arrangea, ouf.

*

Le départ

Comme vous ne manquez pas de le savoir, depuis le mois de mars 2014, la Crimée a rejoint le giron de la Russie dont elle avait déjà fait partie. Ce fut un déchirement pour nous, encore plus pour Anna car c'était une partie de sa terre qu'on lui arrachait.

13

Il fallut bien se résoudre au départ vers la mère patrie, Anton avait déjà ses habitudes à l'école élémentaire où il allait terminer sa première année, Alexandr était en maternelle.
L'appareil était remisé dans un immense hangar de l'aérodrome de Simféropol ; nous commencions souvent nos missions de transport de fret depuis cette ville, Antonov-Airlines avait une représentation en Crimée.

Nous sentions depuis plusieurs semaines que nous n'étions plus les bienvenus, nous les Ukrainiens dans cette république autonome.
C'était la fin de l'Ukraine ici.
J'ai reçu ce matin un appel de Petro Gorchkov, le CDB (commandant de bord) de l'Antonov qui me dit que nous avions l'ordre de rejoindre Kiev sous quarante-huit heures.
Nous avions un logement de fonction ici à Simféropol, nous partirions donc avec nos valises seulement et quelques malles, nos deux voitures seront chargées au maximum ; nous ne nous étions pas préparés à un départ si précipité. L'état de santé de ma chère Anna ne lui permettrait pas de s'investir beaucoup dans nos préparatifs de départ, heureusement nous aurions une aide efficace de la part de notre voisine, Ilona, ukrainienne comme nous, enfin comme Anna.

14

Le grand jour arriva, nous eûmes le cœur serré au moment d'embrasser notre voisine avec qui nous étions très liés (Anna surtout), Ilona ne cacha pas son envie de rentrer chez elle comme nous, son départ était envisagé dans les prochains mois. Chacun au volant de sa voiture nous gagnâmes la zone de fret où nous attendait l'appareil, les membres d'équipage et une partie des employés (qui se sentaient suffisamment ukrainiens pour partir). Il fallut arrimer nos voitures ainsi que celles du commandant et son épouse, tout fut fait en un temps record.

L'An-225 n'est pas un avion de ligne, il sert uniquement pour le fret, au transport de très lourdes charges, exemple : des chars ! Comme ceux que nous avons transportés au Mali pour le compte de mon pays de cœur. Le « confort » pour des passagers est un grand mot ! Il ne faut qu'une heure et quinze minutes pour rallier Kiev, heureusement.

- Simféropol airport UR-82060 Antonov-Airlines pour un vol vers Kyiv Boryspil demande autorisation (en Ukrainien)
- …UR-82060 en Russe s'il vous plait !
- I prefer English ! UR-82060
- UR-82060 If you prefer.

- Ask for autorisation (la suite en anglais…)
- La piste en service est la 27, le vent du 260 dix nœuds, rappelez avant entrée de piste.
- Bien compris, UR-82060.

Nous quittons le parking à petite vitesse, le commandant Gorchkov est en fonction.
A l'entrée de piste :
- UR-82060 pour autorisation de décollage.
- Stand by (*attendez)*, avion en approche.
- Bien compris (plusieurs appareils en approche nous obligent à attendre).
- UR-82060 c'est à vous, (puis un temps…) *désolé* ! (Il sait que nous partons pour de bon, désolé peut-être mais pas autant que nous).

(Nous allons quitter la Crimée, ce 28 mai 2014, il est 17H30, émotion)
Les trois cent cinquante-cinq tonnes de l'Antonov avalent la piste rapidement, il est relativement léger aujourd'hui.
Pendant la montée, je scrute l'écran radar par habitude. Soudain deux petits points en arrière sur notre gauche (à 7 heures), je n'y prête pas

trop attention mais ce qui m'étonne c'est leur vitesse par rapport à nous (nous sommes à deux cent cinquante nœuds – quatre cent quatre-vingts Km/h environ, c'est sa vitesse de montée), « ils» se rapprochent très vite (plus de cinq cents noeuds). Ils arrivent à notre hauteur, sur la gauche, le commandant les voit mieux que moi, ce sont des Mig 29 (leur silhouette nous est familière). Que nous veulent-ils ?

Je ressens comme un malaise, les enfants assis sur des sièges strapontins derrière nous ne sont pas inquiets du tout eux, ils trouvent que ça pimente le vol ! Anna a l'air inquiet aussi.
Ce sont des Russes évidemment.
Ils ralentissent, se stabilisent à notre vitesse, l'un derrière l'autre, le second plus bas, battent des ailes, ils veulent nous faire passer un message, semble-t-il. Le pilote de l'avion qui est plus proche de nous fait des gestes que nous ne comprenons pas, (le Russe est relativement loin de notre cockpit du fait de la grande envergure), il semblerait qu'il y ait un problème de fréquence radio puis il arrive à nous joindre sur la nôtre et nous n'en croyons pas nos oreilles : on nous enjoint de faire demi-tour sur Simféropol !

Les premières secondes d'étonnement
passées, le commandant demande la raison,
ensuite il essaie, pour gagner du temps, de
faire comprendre qu'il n'entend plus. L'espace
aérien ukrainien n'est plus qu'à deux minutes,
on nous dit que si nous n'obtempérons pas
nous allons être abattus ! (Je ne croyais pas
vivre cela un jour).

Puis les deux chasseurs s'éloignent en
accélérant rapidement vers l'Ukraine, on les
voit au loin faire demi-tour et … revenir en
fonçant droit sur nous ! A ce moment nous
sommes « tétanisés », nous nous rapprochons
à plus de huit cents nœuds à la même hauteur,
nous n'avons plus le temps d'entreprendre une
manœuvre quelconque (eux aussi vont « y
rester » s'ils ne changent pas de trajectoire),
en fait tout se passe très vite dans notre tête,
nous n'avons pas le temps de nous dire grand-
chose, vont-ils entamer une ressource (montée
brutale) dans les dernières centaines de
mètres ? Après avoir tiré une rafale, peut-être
ne vont-ils pas tirer ?

Puis ce fut une masse de métal énorme qui se
jeta littéralement sur nous et nous évita sans
que nous ayons compris comment elle y
réussit, nous tremblions tous plusieurs minutes
après.

Nous ne les revîmes plus, nous arrivions sur l'Ukraine. Longtemps nous ferons des cauchemars, le commandant avait été « sonné » comme nous le fûmes, ma femme et moi, les enfants avaient eu leur « dose » d'animation !
A l'arrivée nous ne manquâmes pas de déposer un « air miss » ; l'affaire ne sera pas close pour autant...

Nous n'avons nulle part où habiter à Kiev, ce sont encore les parents d'Anna qui acceptent de nous héberger en attendant.

Sur 5 TV, le bandeau en boucle : « urgent, le professeur Protkine assassiné à Simféropol, un pilote d'Antonov-Airlines est suspecté ». Une bombe !
Le père d'Anna me fixe avec insistance, se pourrait-il que je sois le coupable ? Quant à Anna elle n'a aucun doute sur mon innocence, j'en suis certain. Je ne me suis jamais caché d'avoir dit au docteur Protkine ce que je pensais de lui et de ses méthodes, toute ma famille ukrainienne sait que j'ai encore eu dernièrement une altercation au sujet du favoritisme évident que ce spécialiste affichait

envers ses malades pro-russes, au détriment des Ukrainiens de cœur.

Je comprends soudain : les Mig !

La chaîne ukrainienne de Crimée (devenue russe) 1+1 affiche en bandeau :
« Michel Thur, copilote pour le compte d'Antonov Airlines fait figure de suspect `privilégié' dans l'affaire de la mort du Pr Protkine, sa fuite vers Kiev en fin d'après-midi en fait un coupable idéal ».
Et pourtant je sais que je n'ai aucune responsabilité dans cette affaire (mais d'autres ne l'entendent pas ainsi), même aux yeux de ma propre famille ukrainienne, de ma chère Anna peut-être ? Il va falloir que je m'explique (expliquer quoi ?) quant à mes parents, bien sûr ils n'ont aucun doute et me soutiendront. Comment prouver ma bonne foi ?
Les apparences sont contre moi, mais pour ce qui est de la fuite supposée, cela ne tient pas puisque nous n'avons fait que répondre aux ordres de notre compagnie qui nous a enjoint de rejoindre Kiev, le commandant ne manquera pas, je le sais, ainsi qu'Antonov-Airlines d'en témoigner.
Il est évident que les pro-russes de Crimée ne manqueront pas de saisir toutes les occasions

dans le bras de fer qui nous oppose à Poutine, pour nous discréditer.

Pour ce soir, après un bon repas, nous nous disons que l'essentiel est d'être entre nous, de nous être retrouvés sains et saufs. Demain nous aviserons.

Tchernobyl a laissé des traces indélébiles chez les soviétiques de la région redevenus après la chute de l'URSS en 1991 Biélorusses, Russes, Ukrainiens ; ma petite Anna, comme il me plait souvent de la qualifier n'a pas échappé ni sa maman, aux retombées, dans tous les sens du terme, dévastatrices due à l'incurie des hommes.

Néanmoins mon épouse a réussi à devenir professeure d'Urainien et de Russe ; avant notre départ pour la Crimée, elle a d'ailleurs enseigné ici à Kiev, aux enfants de l'école élémentaire Mykoly Hrinchenka.

Son état de santé s'est détérioré pendant notre séjour à Simféropol sans que cela prenne des proportions catastrophiques.

Elle se plaignait quelquefois de fatigue en fin de journée, c'est ce qui l'avait amenée à consulter un spécialiste : le professeur Protkine qui avait diagnostiqué une atteinte à la glande tyroïde. C'est ce qui avait conduit Anna à cesser toute activité professionnelle en

Crimée quelque temps après notre installation, elle avait enseigné environ un an.

Le lendemain 5TV, chaîne ukrainienne reprend en titre : « Michel Thur, notre compatriote d'origine française, pilote chez Antonov, accusé d'un meurtre par les Russes de Crimée. Ce dernier rentré à Kiev hier nie toute implication dans l'affaire de la mort du professeur Protkine et entend bien prouver son innocence ».

Le commandant intervient à la télévision en démentant les allégations faites par les Russes de Crimée qui m'ont accusé de fuite alors que nous n'avions fait qu'obéir à notre employeur de Kiev en revenant ici.

Le pouvoir russe de Simféropol me désigne comme coupable et je suis persuadé qu'il ment par pure mauvaise foi, ça fait partie de la guéguerre qui se joue entre les deux antagonistes pro-ukrainien et pro-russe : je suis une victime, rien d'autre mais les Russes (cela ira jusqu'à l'échelon le plus élevé du pouvoir) se moquent bien de faire condamner un innocent.

J'apprends qu'un mandat d'arrêt international est délivré contre moi, le pouvoir ukrainien (nous avons un nouveau président depuis ce

25 mai) n'en tient pas compte mais en dehors de l'Ukraine, qu'en sera-t-il ?
Je suis sûr qu'Anna me croit et qu'elle ne doute pas de mon honnêteté, le fait que son propre père n'est pas entièrement convaincu de mon innocence la fait beaucoup souffrir psychologiquement.

*

Nous avons un contrat de transport à honorer envers l'armée de mon pays d'origine : trois automitrailleuses et deux petits chars à transporter en Centrafrique.
Nous devons nous rendre à l'aéroport militaire de Villacoublay au sud-ouest de Paris. Nous embarquons, les pilotes, les mécaniciens navigants au complet, en plus des arrimeurs, ce matin du lundi 2 juin, avec une charge de kérosène suffisante pour le vol mais nous devrons compléter les pleins en France. Le départ pour le continent africain est prévu pour le lendemain.
Le vol s'effectue sans histoire –RAS- Nous atterrissons à la base militaire de Villacoublay à 11H45, heure française. La visibilité est bonne sur Paris, nous arrivons par l'est de l'aérodrome, juste avant de nous poser je reconnais le parc de Sceaux dans lequel je me

suis souvent promené lorsque j'étais enfant et que je venais en vacances chez ma tante Eléonore qui habite cette ville. J'ai l'impression que nous sommes un peu bas (impression trompeuse car nous suivons l'ILS[2] scrupuleusement), c'est moi le pilote en fonction (*applique-toi* !)

Le colonel commandant la base aérienne 104 vient à notre rencontre en bas de la passerelle, apparemment il sait que l'un des pilotes est français d'origine. Nous sommes, ainsi que tout l'équipage, invités à prendre notre repas de midi avec lui, au mess des officiers. En nous y rendant, le colonel me prend en aparté et me dit que puisque nous sommes membres de la famille aéronautique (et que je suis français de surcroît) chez qui la solidarité n'est pas un vain mot, il croit bon de m'avertir que quelque chose d'important est en train de se tramer contre moi. Je comprends à son air embarrassé qu'il fait allusion au fameux mandat d'arrêt international.

Je lui fis part de mon étonnement quant à la dimension internationale, justement, que prenaient les choses.

---

[2] Instrument Landing System : système de guidage à l'atterrissage.

Donc, un différend entre la Russie et l'Ukraine dont l'origine – dans l'affaire qui me concernait en tout cas – relevait plutôt du fait divers, sur fond de règlement de comptes politique certes, était donné en pâture aux pays occidentaux ! (Je me dis que c'était m'accorder beaucoup d'importance). Notre hôte m'affirma qu'il comprenait très bien ma position, il n'y avait pas de doute que l'affaire à laquelle je me trouvais mêlé, malgré moi, était d'origine politique ce qui devait m'inciter à me tenir sur mes gardes.

Nous remplîmes notre mission sans encombre et rentrâmes en Ukraine dès le jeudi.

Vendredi 6 juin Poutine serait l'invité de François Hollande pour fêter les soixante-dix ans du débarquement des alliés en Normandie. Le président français sera à l'origine d'un début de rapprochement entre le président de l'Ukraine Pétro Porochenko, nouvellement élu et Vladimir Poutine.

*

Jusqu'à présent la particularité du professeur Protkine n'avait pas intéressé particulièrement les médias. On apprend qu'il aimait `un peu trop' les femmes et qu'il avait une tendance manifeste à les forcer quand il n'obtenait pas ce qu'il désirait par la voie du bon sens.

Anna insista pour que je mette mes intérêts entre les mains d'un avocat, plus précisément d'une avocate de sa connaissance, qu'elle sait être profondément intègre, c'est une ancienne camarade de l'école élémentaire de Tchernobyl qu'elle n'a jamais complètement perdue de vue, Olga Terechkova. Je me souvins vaguement d'elle après qu'Anna me l'eut décrite un peu plus : dans sa prime jeunesse, elle avait fait le voyage de Ribeauvillé !

Anna m'aide beaucoup dans mon plan de défense : elle est bien placée pour savoir que le professeur a (avait) une réputation bien établie de « brute » voire violeur.

-    Que veux-tu dire ? Tu m'en dis trop ou pas assez !
-    Que vas-tu t'imaginer ? Je veux dire que j'en sais assez sur lui pour avoir à cœur de te soutenir dans l'épreuve que tu traverses. Tu sais, nous les femmes parlons beaucoup entre nous de ces choses-là.

Anna veut-elle dire que le docteur Protkine aurait pu être victime d'une femme malmenée qui aurait voulu se venger ? Ce professeur, spécialiste éminent du cancer dans toute l'Ukraine, avait une clientèle composée de patients issus de tous les milieux sociaux mais les personnes d'un `certain milieu' y étaient peut-être un peu plus représentées.

Le fait qu'il était un pro-russe est presque anecdotique, en réalité il n'appliquait pas de différence sensible de considération entre ses clients. Recherchait-il davantage une clientèle féminine ? Il est encore trop tôt pour répondre.

Maître Olga Terechkova, en faisant jouer ses connaissances, eut l'idée de s'adresser au ministère des Affaires Etrangères où elle connaissait quelqu'un bien placé et lui demanda s'il lui serait possible de contacter l'ambassadeur de Russie à Kiev au sujet de l'affaire qui avait fait les gros titres des journaux et de la TV ces derniers jours, ceci pour le prier d'essayer d'influencer les autorités judiciaires de Crimée (devenue russe comme chacun sait).

Il n'y avait aucune certitude que cela aboutisse avait-il été répondu à Me Terechkova, son interlocutrice néanmoins reconnaissait le bien-fondé de cette demande. Elle avait comme tout le monde, ici à Kiev, entendu parler de ce fait

divers tragique. L'ambassade de Russie
« tourne au ralenti » si je puis m'exprimer ainsi,
dit madame Patrochenka car il n'y a plus
d'ambassadeur de Russie ici mais Poutine,
suite aux bonnes relations[3] qu'avaient liées les
deux présidents : le Russe et Porochenko au
château de Bérouville ou Bénouville (?) en
France, envisage d'envoyer un ambassadeur
russe en Ukraine. Madame Patrochenka invita
Me Olga Terechkova à patienter un peu
jusqu'à l'arrivée du nouvel ambassadeur russe.

*

Revenons au professeur Protkine qui a perdu
la vie tout récemment victime d'un règlement
de comptes peut-être politique mais plus
vraisemblablement lié à ses pratiques
douteuses envers ses clientes.
Les langues se délient à Simféropol et dans
toute la Crimée, on en rajoute sûrement un
peu. Avec le temps ce n'est plus dans les
médias qu'on s'étale le plus sur ses
« exploits » ou prétendus tels mais c'est plutôt
la rumeur qui prend le relais. Anna s'entretient

---

[3] Ceci en partie par l'entremise du président
français : F. Hollande

28

presque chaque jour avec Ilona restée en Crimée (plus pour longtemps). Cette même jeune (et belle) femme a déjà rencontré ce docteur ; comme beaucoup de personnes exposées au nuage radioactif, elle a consulté plus par inquiétude que par absolue nécessité. Ilona a utilisé le terme « attouchements » avec Anna, le monsieur n'a pas persisté, notre amie ne lui en a pas offert la possibilité, il est vrai, elle consulte maintenant un autre spécialiste tout aussi réputé dans sa partie et uniquement focalisé sur sa spécialité !

Mon avocate m'a appelé ce matin pour me dire où en est mon affaire, madame Patrochenka du ministère des affaires étrangères a pu s'entretenir avec l'ambassadeur de Russie en personne (elle avait pris soin d'enregistrer la conversation ce qui est à la limite de l'irrégularité) et Monsieur l'ambassadeur lui a tenu ces propos : « nous avons de bonnes raisons de penser que ce n'est pas Michel Thur l'assassin du professeur, mes compatriotes de Crimée ont seulement voulu donner une leçon à ce jeune monsieur en le dénonçant comme meurtrier car ils ont estimé qu'il s'était comporté d'une manière inappropriée envers une sommité du monde médical en l'apostrophant comme il l'a fait ». Son assistante avait témoigné avait-on appris

par la suite. L'ambassadeur ajouta que nous ne pourrions pas apporter la preuve de ce qu'il avait déclaré. Là il se trompait lourdement ! Maître Terechkova jubilait et moi aussi...
Le lendemain la presse faisait ses « choux gras » de cette information.

*

N'avions-nous pas crié victoire trop tôt ?
La réponse de Crimée ne se fit pas attendre, les Russes pas contents du tout vont demander aux instances judiciaires d'Ukraine, à Kiev, de lancer une procédure de perquisition chez nous ce qui semblait être en contradiction avec les propos de l'ambassadeur.
Quel étonnement lorsque nous vîmes débarquer les policiers qui nous surprirent au saut du lit un samedi très tôt en exhibant un mandat de perquisition. Ils se contentèrent de me demander mon arme et me dirent que si je coopérais cela leur éviterait de tout retourner dans la maison (je tombe des nues).
Comment avaient-ils obtenu mon adresse ?
Tout est un peu en désordre dans notre logement provisoire chez les parents d'Anna, je ne manque pas de dire aux policiers que nous sommes dans un logement de

dépannage et qu'il faut que je cherche un peu
où est mon pistolet (arme de petit calibre que
mon père m'avait laissée en me disant que je
pourrais peut-être en avoir besoin un jour
« avec le métier que tu exerces »). Enfin, Anna
le trouve dans une caisse, ils s'en emparent
aussitôt, extraient le chargeur et là : surprise !
Il manque quatre balles, je ne me souviens pas
l'avoir utilisé un jour, je suis plutôt mal, je
regarde autour de moi, Anna n'a pas son air
des meilleurs jours.
- Avez-vous une autre arme ?
- Non

Ils ne seront pas restés très longtemps, une
demi-heure plus tard ils repartent (après
m'avoir délivré un reçu !)
Ils ne manquent pas d'ajouter que nous
devons rester à la disposition des autorités.
J'ai appelé Olga Terechkova aussitôt après
leur départ.
Mon avocate m'assure qu'elle ne savait rien
de cette décision de perquisition.

On m'en veut.
Une chose m'étonne, pourquoi m'ont-ils
demandé si j'ai une autre arme ?

Il ne se passe pas un jour sans une nouvelle révélation sur l'affaire Protkine. Ilona nous rapporte que le professeur avait une vie sexuelle mouvementée, on saura tout sur ses travers, on n'hésite plus à déballer : il était bisexuel (dans nos pays de l'est tout ce qui n'est pas dans la norme est décrié).

C'est un quadragénaire, bel homme, célibataire, c'est un « tombeur » de femmes mais il ne dédaigne pas les hommes, c'est une surprise !

On dit qu'il s'en passait des choses chez le professeur Vladimir Protkine, nombre de ses patientes et patients venaient consulter pour de toutes autres raisons que celles qu'on s'attendrait à trouver lorsqu'on pénètre dans le cabinet d'un cancérologue. Les langues se lâchèrent : les jaloux, les refoulés, les nationalistes ukrainiens s'en donnèrent à cœur joie après son décès (jamais celles ou ceux qui avaient bénéficié de services particuliers, cela va de soi). Et de préciser : vous savez, ces petits bruits étouffés, pas toujours d'ailleurs, qui faisaient penser à une activité toute autre que celle qu'il est d'usage d'imaginer, « vous voyez ce que je veux dire » au cas où l'on n'aurait pas compris !

J'achète la presse aussi bien « russe » qu'ukrainienne, celle de Kiev et celle de

Crimée, jusqu'à ces derniers jours je m'étais abstenu de le faire mais maintenant il faut que je suive l'affaire du Pr Protkine qui est aussi un peu la mienne.

Maître Terechkova m'incite à lui donner un maximum de détails sur mon pistolet 6,35 et ses aventures car apparemment ces temps-ci il a changé de mains. Elle propose que nous ayons tous les trois un entretien constructif ; Anna n'a pas de craintes à avoir, elles sont d'anciennes camarades de classe.

Le 16 juin 2014 dans son cabinet
Me Terechkova s'adressant à Anna :
- Les Russes de Simféropol ont déclaré que c'est l'arme de ton mari qui a servi au meurtre

Anna :
- Je ne vois pas comment ils peuvent affirmer cela, bien sûr le fait qu'il manque quatre balles dans le chargeur n'est pas à notre avantage…c'est vrai que j'ai prêté cette arme à une amie qui m'a dit avoir été violentée lors d'une consultation chez ce …comment, ce monsieur, ce porc, je n'ai eu aucune peine à la croire puisque j'ai moi-même subi des, comment dirais-je, attouchements.

Moi :
- Tu ne m'en as jamais rien dit. (je découvre)

Anna :
- Il y a des choses que nous préférons taire nous autres pour la, disons le mot, la paix. Pour les balles manquantes, elles auraient pu être tirées pour s'exercer par exemple.

Moi
- Il n'a eu que ce qu'il méritait !

Me Terechkova :

- Je suis de votre avis mais il va falloir que nous préparions notre défense. Donc tu as prêté ce pistolet dis-tu, as-tu eu l'envie de t'en servir toi-même ? Ce n'est pas un interrogatoire de police mais il faut que j'essaie de comprendre.
- Je l'ai prêté car l'idée de m'en servir moi-même n'a fait qu'effleurer mon esprit, j'ai tout de suite rejeté cette éventualité. La personne à qui je l'ai confié ne l'a peut-être pas utilisé, en

réalité c'est ce que je souhaite...Je n'arrive pas à comprendre comment ils peuvent étayer une accusation.

- L'arme va être examinée je suppose (je ne suis pas du tout une spécialiste des armes, ajouta l'avocate) Il paraît qu'on compare les douilles retrouvées sur les lieux du crime, si on en retrouve, avec celles tirées lors de l'examen.

- A qui l'as-tu prêtée ?
- Tu ne la connais pas, je m'en veux de ne pas t'en avoir parlé avant.
- Les résultats d'analyse du pistolet devraient m'être adressés, combien de temps cela va-il demander ? La police nationale les recevra avant moi bien sûr, je ne sais pas quelle tournure cela va prendre, j'avoue que c'est la première fois que j'ai à défendre une affaire criminelle, même si vous n'êtes pas concernés. Il faudra que tu m'en dises un peu plus ajouta-t-elle à l'intention d'Anna, notamment sur la personnalité de la dame dont tu parles, je te rappellerai dans deux ou trois jours, avant de contacter les enquêteurs de Simféropol. J'ajoute

ceci avant que nous nous séparions :
« puisque la Crimée est maintenant un
territoire étranger, en quoi sommes-
nous tenus d'obtempérer aux ordres
de la Russie ? » (bonne question).
Olga me répond que nous avons tout
intérêt à nous montrer coopératifs, nous ne
manquerons pas d'exploiter
l'enregistrement de l'ambassadeur au cas
où. En fait nous ne sommes pas si mal pris
que cela car si on se réfère à ce qu'il a dit
on peut considérer qu'ils n'auront
certainement pas beaucoup de charges
contre nous.

*

Protkine était le sosie de Poutine, cela lui a
amené quelques désagréments.
Notamment lors d'un meeting politique
dans les rues de Sébastopol, le port de la
Mer Noire, en Crimée, qui était déjà
pratiquement russe avant l'intégration (ou
réintégration) à la Russie au mois de mars
dernier. C'est là que la flotte russe de la
Mer Noire possède la plus grande base
navale orientée au sud.
Protkine, donc, en appelait au retour de la
Crimée au sein de la mère patrie russe,

c'étaient ses propres mots, il avait été pris
à partie par des Ukrainiens nationalistes.
Le fait d'être la réplique de Poutine aurait-il
pu être à l'origine de son décès ?

Il y eut un double meurtre dans cette
affaire car il s'agit bien de la même : celui
du docteur Protkine et celui de Victor
CKBopono qui n'est autre que le mari
d'Ilona, on sait que Victor (qui est ukrainien
comme sa femme) était un sous-officier de
la base russe de Sébastopol, il n'y a rien
d'étonnant à cela, c'est un « reste » de
l'Union soviétique. Victor avait une dizaine
d'années de plus qu'Ilona ; son retour vers
Kiev était envisagé dans les mois à venir
mais son destin sera tout autre.
C'est plus d'une fois que nous entendîmes
des scènes de ménage chez nos voisins
Ilona et Victor, l'ambiance du foyer n'était
pas au beau fixe. Une expression revenait
quelquefois dans la bouche d'Ilona :
« j'aime les hommes, les vrais ! »
Ici en Ukraine l'affaire Protkine ne fait plus
la une, quelquefois un entrefilet de
quelques lignes, le dernier titre en date :
Protkine était un bi ! La presse de Crimée,
que nous avons de plus en plus de mal à
nous procurer à Kiev, est plus prolixe : « le

Pr Protkine et la base navale » en titre, où l'on peut lire que des sous-officiers pour la plupart mais aussi des officiers ne dédaignaient pas les séances de soins de ce spécialiste émérite...

Quelques jours plus tard, toujours dans la même presse : « des révélations sur l'assassinat » où l'on apprend que Victor CKBopono serait le meurtrier et qu'ainsi Michel Thur l'Ukrainien rentré précipitamment à Kiev serait mis hors de cause. Je reçois cette nouvelle, vous vous l'imaginez aisément, avec soulagement (enfin on reconnaît mon innocence !) Le journaliste ajoute qu'Ilona avait mis fin aux jours de son mari le 26 mai, ceci par jalousie, c'est ce qu'elle déclara aux enquêteurs car elle était amoureuse du docteur ; elle ne fit pas mystère que son mari aimait plus les hommes que les femmes et que la jalousie morbide de Victor envers le médecin l'avait conduit à commettre l'irréparable : il l'avait tué.

Me Olga Terechkova m'apprit ce que je savais déjà : que je n'étais plus le coupable car les balles de mon 6,35 avait été tirées par Ilona sur son mari parce qu'il avait tué Protkine, avait-elle encore dit. Les balles qui avaient tué le professeur provenaient d'un pistolet 7,65. Je comprends maintenant pourquoi les flics m'avaient demandé si je possédais une autre arme.

Les nombreuses déclarations contradictoires d'Ilona précipitèrent sa mise en accusation : elle avait d'abord dit qu'un officier russe (bisexuel aussi) avait tué Protkine par jalousie puis son mari pour la même raison !

Anna se vit bien obligée d'avouer que c'était à Ilona qu'elle avait prêté le pistolet.

Il y a fort à parier qu'Ilona restera encore longtemps en Crimée.

Il ne faut pas être un fin limier pour comprendre que c'est elle qui a prévenu les autorités juste avant (ou après) notre départ de Simféropol. C'est encore elle qui a fourni notre adresse aux policiers. Nous aurions pu faire, Anna ou moi, un coupable idéal.

Donc ce n'est pas Victor qui a tué le professeur mais un autre militaire, un « vrai » Russe celui-là, officier de la base de Sébastopol (on fit état d'un amant jaloux !) Là l'enquête ne fait que démarrer et nous ne sommes plus concernés.

Ilona avait eu peu de temps pour tuer son mari, la seule arme dont elle disposait était *mon* pistolet prêté par Anna et il fallait que nous repartions avec le 6,35 dans nos bagages, il était hors de question que le pistolet reste à Simféropol, (Ilona le glissa dans une caisse en aidant à nos préparatifs de déménagement). Elle savait qu'elle ne pouvait pas utiliser le pistolet de son mari car ce dernier n'avait pas d'arme à disposition en dehors de la base navale, rappelez-vous : il était sous-officier, seul un officier pouvait « sortir » son arme de service ; Ilona ne l'ignorait pas comme elle n'ignorait pas que Victor était innocent de la mort de Protkine.

Notre « amie » n'a pas hésité à nous désigner comme coupables (l'un ou l'autre aurait pu faire l'affaire) de la mort du professeur Protkine car il manquait quatre balles au pistolet 6,35, (elle savait que j'avais eu une altercation avec le professeur) elle a saisi cette opportunité, c'est tout. L'assassinat de son mari, selon elle, pouvait être un crime parfait mais elle avait un côté « simpliste » qui ne lui avait pas permis de saisir la différence entre les effets d'un tir de 6,35 et d'un tir de 7,65.

Mes autres histoires :

Anna Ivanova un destin peu commun

**Le président Barack Obama a été
« retenu »**

Les derniers trains au départ

Romans

Anna Ivanova un destin peu commun

Fiction, seuls les personnages historiques sont
réels.

Napoléon en Russie

Le 23 juin 1812 le jour où la Grande Armée de Napoléon 1er franchit le Niémen, Anna Ivanova[4] était loin de penser que sa vie basculerait quelques semaines plus tard.
Vivant dans l'aisance la plus parfaite, entourée de domestiques, elle menait sa vie de châtelaine au Château de Kalouga[5]. La différence d'âge avec le général comte importait peu pour elle.
Depuis longtemps le tsar Alexandre 1er s'attendait à une attaque de Napoléon qui

---

[4] Anna Ivanova née Fédérova (d'une famille noble non titrée), épouse du général comte Ivanov, avait connu dans son enfance le jeune Helmut Krauss fils d'un hobereau prussien vivant en Russie.

[5] 200 verstes de Moscou environ, au sud-ouest, (une verste = un tout petit peu plus d'un Km).

n'avait qu'un but : conquérir l'Europe, aussi ce ne fut pas une réelle surprise.

Le général Ivanov, comme tous les chefs d'état-major de l'armée fut rapidement appelé pour participer à l'élaboration d'un plan de défense afin de faire face aux cinq cent soixante-dix mille hommes de l'armée impériale.

La belle femme qu'était Anna Ivanova ne fut pas particulièrement affectée à l'idée de ce départ.

En ce début d'été 1812 la nature explosait après le long hiver qui avait largement empiété sur le printemps.

Anna avait contribué aux préparatifs de départ de son mari. Il ferait le trajet jusqu'au palais du Tsar à Saint-Pétersbourg en moins de deux semaines si l'état des chemins le permettait. Il serait assisté de son aide de camp le colonel Kropotkine et de plusieurs cochers et palefreniers ainsi que d'hommes d'armes de confiance.

Il avait été prévu trois berlines tirées par deux chevaux chacune. Les relais (toutes les quarante verstes) pourvoiraient aux changements de chevaux, ils feraient halte pour la nuit tous les deux ou trois relais.

Anna Ivanova était seule maintenant (entourée de ses domestiques), le général filait vers St Pétersbourg.
Elle se remémorait quelquefois les bons moments de son enfance passée sur les terres de son père Piotr Fédérov au château de Petchora dans l'Oural.
C'est dans les jardins de ce château qu'il était permis, certains après-midi d'été, aux enfants de Piotr Fédérov et de Natalia Fédérova sa femme, de convier pour les jeux les enfants d'un « bon rang » vivant à proximité.
Parmi eux le jeune Helmut, bien qu'allemand, ne « détonnait pas » et était accepté par la bonne société russe.
Anna voyait sans déplaisir arriver pour partager ses jeux le jeune Helmut. Aussi loin qu'elle pouvait se souvenir elle revoyait le petit garçon d'abord timide, de son enfance puis plus sûr de lui, de son adolescence.
Ils avaient le même âge. Ce n'est que vers leurs dix-sept ou dix-huit ans qu'ils cessèrent de se rencontrer, le père d'Helmut devant s'en retourner dans son pays en 1805 à Osnabrück.

Anna avait eu des précepteurs français et allemands durant toute son enfance et son adolescence aussi parlait-elle bien les deux langues comme de nombreux Russes de la bonne société.

Elle était une jeune et jolie jeune femme aux cheveux châtain clair, aux jolis sourcils fins et arqués, aux yeux bleu ciel.

Une petite fossette agrémentait son visage noble, elle était de taille moyenne, la finesse de son corps s'ajoutait à celle de son visage.

Des boucles d'oreille aux jolis petits rubis et saphirs la rendaient encore plus attirante et plus d'un homme aurait succombé à son charme. Ses joues légèrement roses s'empourpraient quelquefois.

Hélas de ce couple disparate (le général avait dix-huit ans de plus qu'elle) aucune progéniture n'était venue égayer les jours.

Plusieurs semaines passèrent, l'été 1812 battit des records de chaleur, apparemment il ne se passait rien d'important, à part quelques mouvements de troupes qui se dirigeaient vers l'ennemi.

Anna Ivanova ne recevait pas de nouvelles du général comte très occupé auprès du tsar, les jours se succédaient doucement.

Et pourtant !

L'armée impériale continuait sa marche d'une façon inexorable en se dirigeant vers Moscou. Le château du Général Ivanov se trouverait sur son trajet.

Le matin ensoleillé du 1er septembre 1812, une estafette militaire arriva au trot de son cheval fumant de sueur, portant un pli d'une extrême importance destiné au général. Bien qu'il ne lui fût pas destiné, Anna s'en empara avec autorité et lut ceci : « l'armée ennemie se dirige vers Moscou qu'elle atteindra probablement vers le 15 de ce mois si rien n'est tenté pour l'arrêter. Avons besoin de plusieurs dizaines de divisions pour stopper l'avance ennemie, les armées de Napoléon sont à 300 verstes de Moscou ».
Signé : Général M. Lebedeff
Commandant la 5ème division d'infanterie de la 1ère Armée de son Altesse Alexandre 1er, Tsar de toutes les Russie ce 30 août 1812

Anna blêmit, une domestique remarqua sa blancheur et la fit asseoir avec empressement. Anna calcula rapidement que Napoléon et son armée ne se trouvaient qu'à soixante verstes du château de Kalouga.
Ils pourraient être là dans deux jours se dit-elle et elle sentit la peur l'envahir (comment les

soudards se comporteraient-ils ? étaient-ils bien encadrés ? Napoléon lui-même avait-il un semblant d'humanité ?) En fait on ne savait pas grand-chose de lui. « Ils » ne pourront pas manquer le château ! Il n'y avait pratiquement aucune défense ici, il valait mieux ne pas résister…à cette immense armée d'invasion.

Le soldat qui avait apporté le billet, après quelques heures de repos pour lui et son cheval était reparti rendre compte à son régiment.

Les deux jours suivants furent empreints, on le croit sans peine, d'une grande anxiété. Anna Ivanova était désemparée, les domestiques amoncelèrent le plus possible de vivres et en cachèrent d'autres du mieux qu'ils purent. Certains commençaient à céder à la panique. Anna ne dormit pas cette nuit-là ni la suivante.

Le 4 septembre au matin un grondement d'abord à peine perceptible s'amplifia progressivement : les centaines de milliers d'hommes de l'Armée Impériale, porte-drapeaux en tête (qui à pied, qui à cheval traînant les canons, les cantines) s'approchaient.

Plusieurs dizaines d'hommes pénétrèrent sur les terres du château en longeant les dépendances, à l'affût d'une bonne affaire, hirsutes mais néanmoins présentant bien dans leur uniforme rouge, bleu et blanc que manifestement ils conservaient en assez bon état malgré les difficultés de leur vie de soldats.

Un peu plus tard deux officiers à cheval arrivèrent devant le perron du château.

Un lieutenant de hussards vint se présenter à Anna Ivanova et dans le plus pur style russe lui demanda l'autorisation de bivouaquer et d'installer sa compagnie le temps du repas de midi à quelques centaines de mètres du château.

Anna ne réfléchit pas, peut-être sous le charme, mais sans se l'avouer, du jeune officier tiré à quatre épingles et acquiesça.

Ils se regardèrent dans les yeux sans ciller mais Anna se troubla légèrement comme si elle avait soudain pris conscience que cet homme, bien que son ennemi, n'était peut-être pas un inconnu pour elle. L'officier quitta le perron et en remontant sur son cheval, un petit déclic se produisit dans son esprit, il salua respectueusement et s'en alla avec les autres officiers.

Anna Ivanova fut en proie à un dilemme qui la taraudait d'autant plus fort que son mari le général était profondément impliqué dans cette guerre entre la Russie et l'Armée Impériale. Elle aussi aimait beaucoup sa patrie mais cet officier qui arrivait sans qu'on l'attendît vint troubler ses sentiments et l'idée fit son chemin dans sa pensée que ce lieutenant sûrement d'origine prussienne ressemblait à ce jeune Helmut Krauss compagnon de jeux de son enfance. Le fait qu'il parlait un russe parfait avec l'accent de l'Oural vint la conforter dans cette idée. Mais lui l'avait-il reconnue ? Que se passa-t-il dans sa tête après cette courte entrevue ?

Il ne pourrait quitter ce château sans la revoir. Pendant que sa compagnie bivouaquait il se posait des questions : l'Empereur lèverait-il le camp juste après que ses troupes se seraient restaurées ou bien resterait-il dans les environs jusqu'au lendemain matin ?
Apparemment les troupes s'étaient plutôt bien comportées dans la région envers les populations, il n'y avait eu que peu de désagréments signalés par le « bouche à oreille » local.
En fin d'après-midi l'ordre de mouvement n'étant pas venu, Helmut prétextant une recherche d'information quelconque, auprès des autres officiers prussiens (il ne faut pas s'imaginer qu'il n'y avait que des Français enrôlés dans les armées impériales) se rendit au château et sous un prétexte futile s'adressa

à l'intendant du général comte pour demander à être reçu par le maître des lieux. La réponse ne tarda et Helmut fut rapidement introduit.

Anna Ivanova invita son ami d'enfance et d'adolescence à s'asseoir sur le canapé du salon d'honneur, les domestiques les plus proches furent priés de les laisser seuls. D'abord Anna resta sur sa réserve, ensuite elle laissa ses sentiments s'exprimer plus librement et à la fin de l'entrevue d'une heure environ (Helmut Krauss devant rejoindre les siens) Anna Ivanova avait retrouvé l'entrain de sa jeunesse et c'est sur une joue empourprée qu'elle reçut un baiser furtif.

On ne sait pas ce qu'ils se dirent, ils étaient tristes en se quittant. Se reverraient-ils ?

Rien ne filtrait des préparatifs militaires auxquels participait le général Ivanov mais on peut être sûr que le Tsar Alexandre ne manquait pas de se préoccuper du sort de son pays et bien que le nombre de divisions de son armée était loin d'atteindre celui de l'empereur, les choses allaient bon train pour mettre en face de l'armée de Napoléon le maximum d'hommes armés et décidés.

Les domestiques du château bien que serfs pour la plupart n'étaient pas maltraités, ceux du cercle intime d'Anna Ivanova jouissaient de certaines prérogatives. Ceux-ci ne manqueraient pas de se poser des questions sur l'entrevue entre leur maîtresse et l'officier ennemi.

C'était l'intendant du domaine Maxime Raskolnikov, qui avait son appartement au château, qui servait d'intermédiaire entre les maîtres et les domestiques.

Le lendemain matin Napoléon leva le camp, l'énorme machine de guerre reprit la route de Moscou, quelques heures après il ne restait plus que les traces des différents bivouacs.

Entre le général et Anna rien ne serait plus comme avant quelle que soit la tournure des évènements.

On ne sait comment arriva aux oreilles du général comte une rumeur selon laquelle son épouse aurait reçu au château un officier de l'armée de Napoléon, toujours est-il que le général qui avait quitté Saint Pétersbourg à la tête d'une division et qui se préparait à en découdre avec l'armée française reçut cette nouvelle avec une certaine amertume. Il se promit de demander des comptes à son épouse lorsqu'il arriverait dans les environs du château à la tête de ses troupes.

Ses plans furent contrariés car l'avance de l'empereur vers Moscou allait lui interdire d'atteindre le château et la confrontation aurait lieu rapidement.

Cette terrible bataille eut lieu à Borodino[6] le sept septembre et l'*Histoire* retiendra cette date (vingt-huit mille morts chez les Français et plus de quarante-cinq mille chez les Russes).

Le régiment d'Helmut Krauss eut relativement peu de victimes, l'officier prussien profita de la désorganisation consécutive à cette bataille pour *déserter* et se fondre dans la population, ce qui ne lui fut pas trop difficile puisqu'il pratiquait le Russe couramment. Seule difficulté : avec l'uniforme qu'il portait il lui fallut faire preuve de ruse, il enleva les marques de son grade assez facilement ainsi que celles de son appartenance à l'armée impériale du mieux qu'il put.

Il se rendit chez un marchand de vêtements à la ville la plus proche puis reprit (en sens inverse) la direction de Kalouga qui ne se trouvait qu'à une cinquantaine de verstes du lieu de cette funeste bataille (funeste pour les deux armées).

Quant au Général Ivanov, celui-ci mourut en héros à la tête de ses troupes dès les premières charges des soldats de l'empereur...

---

[6] Bibliographie Le Quid : batailles napoléoniennes

Helmut se déplaçait avec circonspection et en partie la nuit. Quand il arriva à Kalouga, il ne se rendit pas au château mais dans la ville du même nom où il prit pension chez une vieille femme du peuple pour quelque temps : il préféra cette solution pour passer quelque peu inaperçu, de toute façon sa solde d'officier étant plutôt misérable il ne pouvait se permettre des largesses sur le plan de l'hôtellerie ! Il devait se méfier de la population car il était convaincu qu'il pourrait être considéré comme un espion et attirer l'attention, néanmoins il s'arrangea pour s'enquérir des nouvelles du château, il ne savait pas que le général était décédé mais il l'apprit assez rapidement, la nouvelle de sa mort s'étant propagée comme une traînée de poudre.

Mais il lui fallait vivre ! Il commença de chercher un emploi dans le domaine de ses compétences : donner des cours d'Allemand aux enfants de notables de la ville (pour le Français il n'en était plus question), ceci lui prit beaucoup de temps, les circonstances s'y prêtant peu !

Il trouva enfin une place de gouvernant chez un joaillier fortuné chez qui il enseignerait sa langue aux enfants : deux filles de 15 et 17 ans et un garçon de 12 ans, il ferait partie du

58

personnel et à ce titre resterait à demeure dans cette famille et n'aurait pas de problèmes d'intendance, seule sa rétribution ne fut pas à la hauteur de ses espérances.

Anna Ivanova sut-elle qu'il était en ville ?

Un matin du mois d'octobre qui sentait déjà l'hiver, il fut arrêté au saut du lit par la gendarmerie, peut-être un des domestiques du château qui l'avait entr'aperçu le mois précédent l'avait-il dénoncé ? Après le décès tragique de son mari et les funérailles en grande pompe qui lui furent faites à l'église orthodoxe de Kalouga, Anna prit le deuil mais il ne semble pas qu'elle souffrit longtemps de la disparition subite du général comte.

Nijni Novgorod

Helmut Krauss devait être présenté au
procureur du tsar de la ville de Nijni Novgorod
à 400 verstes à l'est de Moscou car la grande
ville de Moscou était en proie à la terrible
révolte du peuple russe contre les armées de
Napoléon. Il y avait près de 600 verstes depuis
Kalouga.

Un convoi d'une vingtaine de suspects fut
formé au départ de Kalouga, ces infortunés
(dont quelques Prussiens) furent jetés dans
trois énormes voitures conduites par des
moujiks frustes, un homme en arme dans
chacune, les fers aux pieds pour tous les
prisonniers sans distinction. Les chevaux
seraient changés aux relais, les repas pris
dans la forêt la plupart du temps, les besoins
naturels des prisonniers se faisaient après les
repas. L'intendance suivait : plusieurs chars à
quatre roues dans lesquels était entreposée la
nourriture, une cantine rudimentaire composée
d'un four en briques réfractaires faisait partie
du voyage, ce fourneau était alimenté après la
halte de la nuit avec le bois ramassé dans la

forêt par les prisonniers auxquels on enlevait les fers pour cette besogne, sous la surveillance armée bien sûr.

A Nijni Novgorod, quand ce fut le tour d'Helmut de se trouver confronté au procureur (celui-ci un homme débonnaire d'âge mûr, avec d'énormes favoris) il se dit qu'il devait jouer son va-tout et usa d'un maximum de charme (si l'on peut dire) en utilisant du mieux qu'il put la langue russe. Le fait qu' Helmut Krauss se soit engagé dans les armées de Napoléon (il n'était pas russe !) ne lui parut pas un crime abominable mais il devait être châtié en tant qu'ennemi et prit deux ans (de camp).

Tout dépendait du camp où l'on se trouverait pour purger sa peine de travaux forcés, certains étaient réputés très durs, d'autres plus « laxistes ». Helmut fut envoyé au camp de cette ville de Nijni Novgorod réputé comme modéré. Seul l'hiver qui commençait rendrait la vie dure à ces hommes pas – ou peu - habitués au travail au dehors par des températures tombant à -30°C. Les prisonniers de ce camp ne portaient pas les fers, ils devaient pour la plus grande partie d'entre eux abattre des arbres au passe-partout (grande scie maniée à deux). Certains autres Allemands firent partie du nouveau contingent, les condamnés qui se trouvaient déjà dans ce camp étaient aussi bien des « politiques » que des serfs qui avaient fui leur terre et leur maître souvent dépourvu d'humanité.

En dehors du travail très pénible, les conditions de vie étaient -presque - supportables : ils vivaient dans des baraques en bois où ils prenaient leurs repas dans des réfectoires, les lits superposés par trois, étroits, avec un matelas – si l'on peut dire - de fleurs séchées et de feuillages, permettaient de prendre quelques heures de repos. Le chauffage était des plus rudimentaires : un poêle à bois qui enfumait leur dortoir mais diffusait une certaine chaleur, c'était chacun leur tour de l'alimenter. Les portes des baraquements étaient fermées de l'extérieur pour la nuit. Les commodités réduites à leur plus simple expression se trouvaient au bout de chaque baraque. Pour se laver il était permis de faire chauffer de l'eau dans des bassines déposées en équilibre sur le poêle (bien des heurts se produisaient au moment du partage), en hiver c'était la « corvée de neige » avant la fermeture des portes, il fallait remplir les bassines d'une bonne quantité de neige qu'on faisait fondre, en été on allait puiser l'eau du ruisseau (quand il y en avait).

Peu de temps après le départ d'Helmut vers Nijni Novgorod Anna apprit par une des

« caméristes », Elena, une jolie femme blonde (du premier cercle des domestiques) que le jeune officier ennemi qui s'était « montré au château » il y a quelque temps, avait déserté, avait séjourné dans la ville de Kalouga puis avait été fait prisonnier et envoyé dans un camp « de punition » (ses propres mots) à Nijni-Novgo Novgorod.

Anna Ivanova ressentit un véritable choc en apprenant cela (Elena ne la quittait pas des yeux), elle cacha du mieux qu'elle put son trouble aux yeux de ses domestiques et fit semblant de vaquer à ses occupations en attendant d'être seule.

Ainsi il l'aimait ? Anna s'était souvent posée la question, si elle n'était pas sûre de ses propres sentiments elle devait bien reconnaître dans son for intérieur qu'il ne la laissait pas indifférente.

Les nuits suivantes elle imagina un scénario qui petit à petit deviendrait un projet : faire tout ce qui serait dans ses possibilités pour le sortir de là.

Elena n'allait jamais en ville, d'autres domestiques s'y rendaient souvent pour les besoins du service, on ne pouvait empêcher ceux-ci de parler entre eux. Anna pensa qu'un ou plusieurs hommes à son service avait recueilli certaines informations et les avaient colportées au château.

Anna avait espéré que les soldats de l'empereur ne mettraient pas la région à feu et à sang par vengeance. Ce qu'elle ne sut jamais c'est que Napoléon lui-même (un jour qu'il était en proie à l'une de ses mémorables colères) ordonna qu'on brûle un château sur les hauteurs de Kalouga... Il semble que l'ordre n'ait pas été exécuté. Etait-ce bien celui d'Anna qui avait été « visé » ?
C'était la retraite de Russie (*l'aigle baissait la tête !*) Les soldats qui étaient pourchassés sans relâche par les troupes du tsar avaient déjà assez à faire pour sauver leur vie mise à mal par le terrible hiver russe, que Napoléon n'avait pas assez pris en considération mais pour eux, les Russes, l'hiver était leur allié.

Nous étions au début de l'hiver, les déplacements ne se faisaient qu'en traîneau (troïka) tiré par trois chevaux. Il était possible d'installer une protection (une bâche) sur cette troïka qui permettrait d'être à l'abri des chutes de neige. Le plus souvent deux personnes pouvaient y prendre place tandis que le cocher était - bien sûr - soumis aux intempéries. Anna utilisait souvent ce moyen de transport : en été la berline, le traîneau en hiver, même pour parcourir des distances énormes. N'avait-elle pas rendu visite à ses parents, dans leur château de l'Oural plusieurs fois en berline et une fois en troïka ? Elle n'était pas vraiment une « petite nature » malgré son apparence noble et fragile.

Elle comptait sur son influence, celle de son père aussi pour tenter de faire abréger la peine d'Helmut Krauss. En tant que veuve du général comte Ivanov cette idée germa dans sa tête qu'on ne pourrait pas lui refuser cette faveur même si – à priori - cette demande pouvait entacher son honneur, ce dont elle ne se préoccupait pas outre mesure !

Il restait à mettre sur pied cette expédition car c'en était une à cette époque de l'année. Elle avait déjà eu affaire à Nicolaï – un homme d'un certain âge - tout dévoué à sa cause, pour ce genre de déplacement lointain et à risque, c'est pourquoi elle lui fit savoir qu'elle aurait prochainement besoin de ses services pour l'accompagner à Nijni Novgorod.

Curieusement le Nicolaï en question ne sut comment s'y prendre pour faire comprendre à sa respectable maîtresse qu'il aurait préféré qu'elle choisisse quelqu'un de plus jeune que lui (il se faisait vieux...) Elle se dit qu'elle y penserait mais cela la préoccupa car il lui fallait quelqu'un de grande confiance pour être à ses côtés dans la troïka : un homme qui savait se servir d'une arme, contre les loups (qui attaquaient les chevaux) et les bandits de grands chemins. Pour le cocher n'importe quel moujik ferait l'affaire, il faudrait néanmoins qu'il remplisse le rôle de palefrenier aussi pour s'occuper des chevaux à chaque halte dans l'auberge où ils s'arrêteraient pour la nuit.

Une troïka était tirée par trois chevaux (d'où son nom), les hôtelleries comportaient en général une écurie pour les chevaux et le cocher.

Nous étions le jeudi, ils partiraient le lundi suivant. Anna demanda à l'intendant de désigner quelqu'un pour remplacer le vieux Nicolaï. Il faudrait aussi préparer les chevaux et un peu d'avoine d'avance pour le cas où on n'en trouverait pas dans toutes les pensions. Elle prendrait un minimum de bagages : une seule malle et quelques sacs pour le cocher et l'accompagnateur.

Le lundi donc, quand tout fut prêt, les chevaux attelés, les trois fusils chargés (par le canon), la poudre et les plombs de réserve, les bagages déposés à l'arrière, les quelques vivres, les sacs d'avoine puis les couvertures, les manchons d'Anna sur la banquette ainsi que sa chaufferette à ses pieds, son accompagnateur Igor, jeune garçon de vingt ans dont les parents, moujiks ainsi que lui travaillaient sur le domaine, l'équipage prit doucement son essor, le cocher en bonne place armé de son fouet.

La distance de Kalouga à Nijni Novgorod (environ six cent cinquante verstes) serait couverte en une dizaine de jours sauf difficultés imprévues. Anna avait décidé de ne pas passer par Moscou et prendrait un chemin plus au sud, un peu plus long car elle ne voulait pas voir Moscou dévastée après une longue et héroïque résistance des habitants eux-mêmes.

La matinée était bien entamée lorsqu'ils s'en allèrent, aussi la première halte dans un village à la sortie de la forêt fut-elle bientôt atteinte : c'était une auberge de campagne, la tenancière pas particulièrement amène se dérida lorsqu'elle comprit qu'elle avait affaire à une dame de qualité. Ses deux hommes de service étaient attablés à quelque distance de sa table, elle partagea la sienne avec quelqu'un qui faisait penser à un notable de la région, à en juger par l'empressement de l'aubergiste envers lui, celui-ci, pour lier conversation, manifesta son étonnement de rencontrer une personne comme elle dans cet endroit surtout par ce temps hivernal.

Dès la sortie de l'auberge, il fallut repartir sous une bourrasque de neige dont la couche s'épaississait de minute en minute, les patins s'enfonçant dans la poudreuse, les pieds des chevaux faisaient de même ; heureusement la chute s'arrêta rapidement et la vitesse des chevaux augmenta un peu.

Quand ils s'arrêtèrent un peu plus tard pour satisfaire à des besoins naturels, ils n'avaient pas couvert une grande distance depuis leur départ, l'équipage se remit en marche alors que le jour déclinait, il ne faudrait pas tarder à s'arrêter à la prochaine ville : Derevnia.

L'hiver devenait de plus en plus pénible à supporter à mesure qu'on avançait dans le mois de décembre, la longueur du jour diminuant régulièrement. La distance parcourue chaque jour diminuait aussi. Anna Ivanova en vint à se maudire d'avoir pris cette décision de voyager avant Noël mais elle ne pouvait envisager de reculer, il fallait continuer, on ne pouvait circuler la nuit bien sûr.

En fait ce n'est pas dix jours qu'il fallut mais le double. Les fusils ne servirent qu'une fois : les loups affamés à cette époque se jetèrent sur les chevaux, Igor visa juste, un loup fut tué, les autres n'insistèrent pas mais un peu plus tard, lors de l'arrêt suivant, on put entendre leurs hurlements pas très loin !

Anna Ivanova et son équipage arrivèrent peu avant le 25 décembre à Nijni Novgorod. Anna se fit annoncer chez le procureur Metsvedef, comme c'était la fin de l'après-midi, ce dernier accepta de l'écouter et lui promit une entrevue pour le lendemain matin 10 h. Même si elle fut un peu déçue de ne pas avoir été reçue immédiatement, elle se dit qu'elle serait plus détendue le lendemain après une nuit de sommeil mais elle ne dormit pas beaucoup.

Le lendemain :

- Mes respects Madame la comtesse Anna Ivanova, recevez mes condoléances.

- Je vous remercie. Monsieur le procureur, comme je vous l'ai rapidement exposé hier après-midi, voici l'objet de ma visite : je me permets d'intercéder en la faveur de ce jeune officier prussien Monsieur Helmut Krauss qui a servi dans l'armée de l'empereur tant exécré Napoléon mais je suis sûre qu'il n'est pas l'ennemi de notre chère Russie. Il s'est engagé alors qu'il se trouvait dans son pays en Allemagne, dans le département de l'Ems Supérieur, alors sous administration française à Osnabrück[7].

---

[7] Biblio. Wikipedia : départements du 1er Empire

- Madame Anna Ivanova, je vous fais remarquer que Monsieur comment dites-vous ? Krauss a bénéficié de ma clémence et je m'étonne qu'une personne de votre qualité, veuve du général Ivanov intercède en sa faveur.

S'ensuivit un échange mi-courtois, mi-tendu entre les deux protagonistes, le procureur parlant d'une quasi-impossibilité de revenir sur une décision prise. Bien sûr Anna Ivanova s'étendit sur les liens tissés entre eux pendant leur enfance et leur adolescence et jura que rien d'autre n'était à l'origine de sa demande, sa gêne était visible... A la fin de l'entrevue, le procureur ne lui donna pas de réponse positive (ni négative d'ailleurs). Il lui proposa en lui demandant de ne pas prendre ombrage de sa façon « cavalière » et peu protocolaire de régler « amicalement » l'affaire lors d'un bon repas, entre amis à la façon russe. Elle ne put refuser. Elle accepta une invitation à dîner pour le lendemain soir 24 décembre dans un des meilleurs restaurants de Nijni Novgorod. Anna donnerait congé ce soir-là à ses deux fidèles serviteurs et les gratifierait de quelques pièces, ce serait peut-être la première permission de leur vie !

Anna ne s'était pas attendue à une telle invitation, il y avait là deux gros propriétaires terriens dont un avec son épouse, un notaire, un pope (on sait qu'ils savent vivre !) en plus du procureur. Ce fut une vraie fête, on porta des toasts au tsar Alexandre, on fustigea Napoléon.

Helmut Krauss pouvait s'attendre à être libéré après le Noël orthodoxe en janvier, c'était *gagné* !

Anna Ivanova   décida de rester pendant quelques jours dans une pension de bonne classe à Nijni Novgorod, ses hommes de service passant leur temps le jour en ville et leurs nuits avec les chevaux à l'écurie (ils étaient au chaud, c'était là l'essentiel). Elle écrivit à Helmut (elle savait très bien qu'elle ne pourrait le rencontrer), on ne sait ce qu'elle lui dit dans cette lettre, le procureur lui avait fait promettre de ne rien dire de sa libération prochaine. Elle se fit donc conduire à l'entrée du camp où elle déposa la lettre qui lui serait remise d'une façon sûre.

Ensuite il fallut penser à prendre le chemin du retour vers le château qu'elle avait hâte de retrouver. Les souffrances qu'ils avaient endurées au voyage aller ne furent presque rien à côté de celles rencontrées pendant le voyage de retour tant les conditions météorologiques désastreuses les firent souffrir, ce fut au-delà de ce que l'ont peut

72

imaginer ! Ils faillirent perdre la vie lorsque le cocher, un homme têtu d'une quarantaine d'années heureusement doté d'une force herculéenne, prit une décision qui aurait pu être fatale. Pour gagner quelques verstes, il préféra traverser un lac vers son extrémité. Après qu'un des chevaux eût glissé il tomba lourdement en endommageant la glace, celle-ci se rompit sur deux mètres, le cocher sauta sur la surface gelée pour relever l'animal et le tirant avec force, il permit au traîneau de retrouver la glace dure alors qu'il avait déjà commencé de s'enfoncer dans les eaux glaciales. Sans sa présence d'esprit, peut-être que Kalouga ne les aurait jamais revus. Anna très en colère sur l'instant remercia vivement Piotr et lui fit promettre de toujours éviter les lacs gelés. L'équipage arriva sain et sauf au château de Kalouga le 15 janvier 1813. Le cocher reçut une gratification et retrouva son occupation, Igor, qui avait été aux côtés d'Anna pendant près de deux mois, s'étant très bien comporté, ferait maintenant partie du premier cercle des domestiques.

Retour au château

La vie reprit pour Anna Ivanova, Helmut serait bientôt libre, peut-être avait-il déjà été libéré, reviendrait-il bientôt en ville ? Anna espérait secrètement qu'il en fût ainsi. L'hiver commença de relâcher son étreinte vers la fin du mois de mars, Napoléon était retourné en France, la Russie pansait ses plaies, Moscou commençait de se relever de ses cendres. Les visites reprirent au château, les condoléances affluèrent de toute la Russie, Anna se faisait quelquefois conduire sur la tombe de Piotr Ivanov.

La façon qu'avait Elena de se conduire envers sa maîtresse ne manqua pas d'attirer l'attention de cette dernière, en effet Elena la fuyait et quittait ostensiblement les lieux lorsqu'elles se retrouvaient toutes les deux (seule à seule). Le servage était encore monnaie courante en Russie au début du 19ème siècle et il n'était pas rare que des serfs s'échappassent du domaine auquel ils étaient

« attachés » et c'était une occupation courante pour la gendarmerie de rechercher ces fugitifs et de ne pas les retrouver (le plus souvent) ! Nicolaï quitta le service du château sans crier gare au début du mois d'avril, vous savez : celui qui avait préféré ne pas faire partie du voyage à Nijni Novgorod, Elena sembla étonnée lorsque les autres femmes de chambre en parlèrent la première fois.

Elena était la fille de Nicolaï, elle aimait son père mais avait la réputation de le « mener par le bout du nez » or, lui, allait facilement en ville (ce qui n'était pas le cas d'Elena), c'est ainsi qu'il dit un jour à sa fille qu'il lui avait bien semblé avoir croisé Helmut, l'officier de Napoléon (il n'avait plus sa tenue d'officier). La suite, on la devine facilement, Anna Ivanova ne fut pas la dernière à trouver une explication à l'arrestation d'Helmut Krauss. Elena fut bien punie car elle ne reverrait peut-être pas son père.

Quand Helmut fut libéré, il ne pensa plus qu'à revoir sa bienfaitrice et commença de se rapprocher de Kalouga. Peu importe le nombre d'étapes, les travaux où il trouva à s'employer, les moyens de transport extrêmement lents de l'époque mais un beau jour de juin il entra enfin dans la ville. Les sentiments de xénophobie n'étaient plus à leur paroxysme chez les

Russes depuis quelques semaines, Helmut pouvait s'en rendre compte, cela devenait plus facile pour lui.

La vie au château de Kalouga reprenait son cours habituel, chacun à sa place. La bonne société russe continuait de jouir de ses prérogatives. Helmut ne pouvait envisager de se présenter au château sans qu'un signe lui fût fait si petit soit-il, il en était à guetter ce signe mais comment l'interpréter ? Anna Ivanova songea de nouveau à donner des concerts dans la ville comme elle le faisait du temps du général Ivanov, elle excellait au hautbois, elle en jouait chaque jour; quand elle s'estima prête, elle demanda à l'intendant de reprendre contact avec l'imprimeur habituel pour préparer les affiches qui la rappelleraient au bon souvenir de la classe aisée de Kalouga. Ses récitals étaient gratuits, c'était une façon d'entretenir de bonnes relations avec le château.

Helmut avait trouvé une place de gouvernant auprès des enfants d'un riche propriétaire, il y avait toujours des pères de famille aisés soucieux d'apporter une éducation européenne à leur progéniture ; il avait beaucoup de temps libre, allait au théâtre le soir et au concert, il fréquentait sans réserve les puissants de la ville. Il habitait la pension Gomulka. Les

Russes sont plutôt gourmands, joviaux, aiment la bonne chair, la vodka et le vin (y compris le vin français), c'est ainsi qu'Helmut était quelquefois invité à partager le dîner de quelque notable en ville en plus de ceux de la famille qui l'employait. Bien sûr on parla du prochain concert prévu vers la fin du mois de juillet sous les tilleuls du mail central. Même si ces derniers n'embaument plus comme à la Saint Jean il flotte dans l'air un parfum très ténu qui se mélange à celui des roses. Leurs essences variées sont un ravissement très prisé des jolies personnes qu'on rencontre au bras de leur mari lorsque le soleil couchant miroite dans les bassins aux eaux jaillissantes. On encouragea Helmut à s'y rendre, quand le nom d'Anna fut cité son cœur battit un peu plus fort, c'est sûr qu'il y assisterait ! En attendant il restait une quinzaine de jours qui lui parurent interminables ; lors de ses promenades solitaires il put contempler le portrait d'Anna jouant du hautbois et c'est plus d'une fois que ses pas le guidèrent vers les affiches représentant sa bienfaitrice (peut-être qu'elle serait un jour encore plus). N'y tenant plus il lui adressa une missive où il lui dit qu'il était maintenant à Kalouga chez Alexis Volodiof comme précepteur des enfants. Tout dans sa lettre trahissait son désir de la revoir mais il ne parlait pas du concert. Soit qu'Anna n'eut pas le temps d'écrire avant la date du concert soit qu'elle répondit trop tard, soit que la lettre ne fût pas arrivée à temps, toujours est-il qu'il ne reçut aucune réponse avant ce 28 juillet 1813.

Le concert

Le récital d'Anna se passa comme prévu, le temps avait laissé planer quelques doutes sur son bon déroulement mais les cieux cléments la laissèrent exprimer tout son art et les applaudissements nourris d'une foule très admirative vinrent clore cet épisode charmant, d'aucuns en redemandèrent mais les premières gouttes atténuèrent leur enthousiasme ce qui combla Helmut car les admirateurs ne se précipitèrent pas auprès d'Anna qui commençait à ranger ses partitions et son instrument dans son étui.

Anna toute émue de l'ovation qu'elle venait de recevoir marqua d'abord un vif étonnement en apercevant Helmut, qui se mua en ravissement - non feint – lorsque celui-ci fut à ses côtés.

Elle lui tendit la main qu'il baisa, ensuite ce fut elle qui l'embrassa – presque – sans retenue, leurs joues s'empourprèrent.

Le cabriolet d'Anna fut avancé, elle l'invita à monter en lui proposant de le déposer chez lui. Il fallut remonter rapidement la bâche car la pluie menaçait fort. Helmut fit de beaux rêves la nuit suivante, et Anna Ivanova ?

Il n'avait même pas pris le temps de lui demander si elle avait reçu sa lettre. Dans les jours qui suivirent Helmut eut quelques difficultés de concentration dans son enseignement de l'allemand. Enfin une lettre d'Anna arriva, c'est avec fébrilité qu'il l'ouvrit : c'était une invitation à dîner pour le lendemain soir. Le temps parut se figer mais néanmoins quelques occupations l'aidèrent à surmonter son impatience de voir arriver le moment tant attendu où il monterait en voiture pour se rendre au château. Il avait fait livrer une composition florale peu de temps auparavant.

L'émotion s'empara de lui quand il arriva au château (qu'il n'avait pas revu depuis près d'un an déjà), il croisa quelques domestiques qui semblèrent ne pas le voir. Une aimable servante vint l'accueillir au bas des marches pour lui montrer le chemin (qu'il connaissait). Anna devant un secrétaire faisait mine de consulter quelques coupures de presse, c'est avec empressement qu'elle l'introduisit dans le salon d'honneur où ils se retrouvèrent tous les deux intimidés comme des jeunes gens.

Ils bavardèrent pendant une heure avant que le dîner ne fût servi, ils étaient en tête-à-tête, le soir vint rapidement, on alluma les chandeliers ce qui ajouta une note d'intimité et détendit l'atmosphère. Ils employaient indifféremment le tutoiement, le vouvoiement, le russe le plus souvent, le vin français aidait à délier les langues, on parla de la chère Russie, de Napoléon, de la Prusse, des domestiques qui jugeaient, de l'Europe, enfin d'un peu de tout. Ils s'installèrent sur le canapé de style Louis xv qui se trouvait sous les portraits des ancêtres du général.

Anna parla aussi de ses parents qu'elle ne voyait pas souvent, c'était toujours elle qui entreprenait le très long voyage pour se rendre là-bas dans l'Oural où ils s'étaient connus dans une enfance et une adolescence déjà lointaines. Le moment de la séparation arriva, bien sûr on convint de se revoir mais il ne fallait pas « brusquer les choses » (son expression). Helmut fut triste, Anna un peu aussi ; un domestique reconduisit Helmut en ville, moins de vingt minutes de calèche les séparaient.

Helmut sombrait quelquefois dans l'abattement mais quand il repensait aux paroles de sa chère amie (« il ne faut pas brusquer les choses ») il retrouvait confiance dans l'avenir. Les bonnes âmes de Kalouga commençaient de commenter de-ci de-là « les écarts de conduite » d'Anna Ivanova, elles la jugeaient...Mais avait-elle fait un mariage d'amour en épousant le général comte ? Et puis elle avait bien le droit de ne pas rester veuve, étant encore jeune et n'ayant pas d'enfants, c'est ce que certains habitants de Kalouga pensaient. Il y avait aussi de nombreux jeunes hommes fortunés qui auraient pu faire le bonheur d'Anna, des Russes.

Des lettres furent échangées, ils se revirent souvent, les domestiques les surprirent plus d'une fois – en s'excusant – dans une attitude qui en disait long sur leur « amitié amoureuse ».

Le mariage

Les publications de mariage apparurent dans la presse locale, celui-ci aurait lieu avant la fin du mois d'octobre. Cette année-là l'automne fut clément, c'est tout juste si quelques gelées matinales faisaient penser à la fin des beaux jours.

Le grand jour arriva enfin, les invités affluèrent d'une grande partie de la Russie occidentale, les parents d'Anna arrivèrent quelques jours avant en berline depuis l'Oural (deux mille verstes) avec ses frères et sœurs. Des oncles et tantes qui venaient de très loin aussi. Le préfet du gouvernement de Kalouga fut des invités et un représentant du Tsar se déplaça même pour la cérémonie religieuse. Il fut décidé qu'Anna Ivanova garderait le nom de son défunt mari, celui de son nouvel époux y serait accolé. On en profita pour « russifier » celui d'Helmut en Kraussof ! Une grande partie des nobles de Kalouga fut invité, dont le riche propriétaire qui l'employait, au festin qui aurait lieu le midi dans l'enceinte du château, des personnes d'origine plus modeste furent invitées aux agapes. Des cochons de lait, un chevreuil tué par Helmut furent rôtis à la broche au dessus de brasiers en plein air. Des toasts furent portés au Tsar, à la Sainte Russie, aux mariés bien sûr, le vin coula à flot ainsi que la vodka, même le schnaps et le cognac. L'on dansa jusqu'à la fin de l'après-midi aux sons d'un orchestre venu de la ville où l'on avait du mal à distinguer l'accordéon des violons qui alternait les polkas, mazurkas et valses endiablées.

Les parents d'Helmut ne vinrent pas à la noce, seule une sœur, Margret, qui avait connu Anna fit le voyage depuis la Prusse. Le dîner fut réservé aux notables proches et aux intimes, celui-ci ayant lieu dans le salon d'honneur de dimensions exceptionnelles et l'on dansa encore avec enthousiasme, de nombreux toasts furent encore portés, les mariés s'embrassèrent encore, on raconta des histoires, on chanta (les Russes sont très gais et aiment beaucoup la fête, surtout après avoir un peu bu, les mots manquent pour traduire l'atmosphère « AtмосФера » russe de la fête).

Comme lors de tous les mariages, les nouveaux époux s'éclipsèrent vers trois heures cette nuit-là et on ne remarqua leur absence que beaucoup plus tard, c'est à ce moment que les invités de la ville repartirent, que la maman et le père d'Anna rejoignirent leur chambre ainsi que les frères et sœurs d'Anna, suivis du reste de la famille en laissant une montagne de travail aux domestiques (qui avaient été invités à profiter du dessert).

On ne réveilla pas les nouveaux mariés le matin suivant, les parents d'Anna prirent leur petit-déjeuner avec les frères et sœurs d'Anna, leurs épouses, époux et leurs enfants respectifs. Les oncles et tantes aussi. Le traditionnel samovar étant mis à contribution, on fit honneur aux brioches, aux petits pains de la ville et à ceux cuits au château, aux confitures de toutes sortes. Quelques considérations sur le manque de patriotisme d'Anna furent échangées mais dans l'ensemble Helmut (même Prussien, même officier de l'armée impériale) serait plutôt apprécié de la famille. Un peu plus tard ce fut le tour de Margret, la sœur d'Helmut de s'approcher de la table, un silence se fit mais ne dura pas, on échangea des propos d'ordre plus général, Margret qui avait bien parlé le Russe n'était plus aussi à l'aise dans cette langue car il y avait maintenant huit ans qu'elle avait quitté ce pays (qui était quand même un peu le sien). Quelques mots de français et d'allemand vinrent à son secours.

Quelque temps plus tard ce fut au tour des mariés d'apparaître, quelques plaisanteries fusèrent et quelques petits rires vite réprimés. Tout le monde était content de se rencontrer, Anna avec les siens, sa maman l'embrassa avec effusion, Helmut avec sa sœur (ils n'avaient pas eu beaucoup de temps pour se retrouver). Cette journée de lendemain de noces permit à tout un chacun de se positionner (si l'on peut dire), cette journée radieuse, propice à la promenade le long du grand bassin du château et au canotage fut bien employée. Le jour suivant il fut temps pour tous de retourner vers d'autres horizons et de rentrer chez soi. Anna et Helmut se retrouvèrent jeunes mariés, en tête à tête, ayant chacun l'impression d'avoir beaucoup à découvrir de l'autre. C'en est ainsi pour tous les jeunes mariés du monde.

Les domestiques épiaient leur nouveau maître et le découvraient mais redécouvraient un peu leur – nouvelle – maîtresse qui ne se montrerait peut-être plus sous le même jour que par le passé.

On allait tout doucement vers l'hiver, le terrible hiver russe qu'ils avaient déjà eu l'occasion de découvrir chacun dans des situations différentes mais aussi assez proches. Ils auraient le temps d'éprouver leur amour réciproque tout au long de ces journées où assis bien au chaud (quel luxe !) sur le canapé ils pourraient échanger leurs points de vue et palabrer sans fin. Anna quelquefois se mettait à jouer de son instrument surtout pendant ses moments de solitude, c'était un plaisir pour Helmut d'arriver sur la pointe des pieds pour la surprendre.

Il avait eu quelques entrevues avec l'intendant sur la conduite du domaine, Anna lui laissait toute latitude pour cela même si elle ne perdait pas de vue ce qui lui revenait de droit.

Helmut avait du goût pour la musique, il aimait Bach surtout, Mozart aussi, il ne dédaignait pas de jouer du violon mais il y avait longtemps qu'il avait abandonné le sien en Allemagne, il faudrait qu'il en retrouve un ainsi qu'un professeur.

La Russie surmontait ses difficultés, Moscou avait presque retrouvé son allure d'antan, partout on reconstruisait mais maintenant on utilisait davantage la pierre qu'auparavant. La

Russie redevenait une puissance qui comptait dans le monde mais aussi ces idées nouvelles issues de la Révolution française y faisaient doucement leur chemin. Il semblait à Anna et Helmut qu'ils étaient faits l'un pour l'autre et s'aimaient beaucoup en s'en donnant chaque jour des preuves, ils partageaient beaucoup leurs idées et elles étaient les mêmes sur beaucoup de points.

Helmut fit atteler la troïka un matin de décembre et se fit conduire à Kalouga pour se rendre chez un luthier afin de se faire présenter différents modèles de violons mais ne se décida pas car les prix lui parurent excessifs, il s'en retourna au château et se promit de s'en entretenir avec son épouse.

Il ne s'était pas encore entretenu avec elle – ou si peu – du fait qu'il ne savait pas comment résoudre la question de son manque de fortune, il n'avait rien apporté dans la corbeille de mariage ! Il prit prétexte du prix exorbitant, à ses dires du violon qu'il convoitait, pour amener la conversation sur son manque de ressources et de son absence totale de fortune. Anna comprit (ou fit semblant de comprendre) ses arguments et ne cilla pas (bien quelle ait eu une certaine envie d'en rire) quand elle le vit se débattre pour exposer sa situation. Quand bien même travaillerait-il chaque jour de sa vie il n'arriverait jamais à égaler la fortune de sa femme, il le savait et Anna aussi le savait. C'est très difficile voire impossible pour un homme de dépendre financièrement de sa femme : tout le monde sait cela. Ils n'en parlèrent pas pendant plusieurs jours, il paraissait préoccupé, manifestement cela lui était difficile à vivre.

Ce fut son amoureuse d'épouse qui vint à son secours, elle lui dit (en réprimant une envie de rire) :

- d'accord tu n'as pas de fortune mais la mienne je n'ai rien fait pour l'avoir donc nous sommes – presque – à égalité.
- merci de me dire cela mais on peut changer avec le temps (il n'osa pas lui dire : quand tu ne seras plus amoureuse auras-tu encore la même abnégation ?)

Mais peut-être qu'ils s'aimeraient comme au premier jour toute leur vie ! Est-ce possible ? Anna décida qu'ils iraient tous les deux consulter un notaire et mit une partie de sa fortune en bien commun, il ne restait plus qu'à faire le nécessaire auprès des banques, ce qui fut fait rapidement dès janvier 1814. Bien sûr Helmut lui en fut très reconnaissant, néanmoins il échafauda un plan pour prouver à son épouse qu'il ne voulait pas vivre « à ses crochets ». Il acheta le violon qui lui sembla du meilleur rapport qualité/prix (comme on dirait de nos jours) et commença la recherche d'un professeur qui viendrait enseigner au château. Tout fut rondement mené, le professeur se ferait conduire deux fois par semaine en troïka ou en calèche au château. Helmut était un bon élève, il n'était pas un débutant, l'idée germa dans sa tête qu'il pourrait donner des concerts (payants ?) pour participer un peu, à sa façon. Voici ce que tous deux envisagèrent : le violon et le hautbois sont des instruments complémentaires, on pourrait même exécuter des concertos de « violon et hautbois » ensemble et se produire dans le monde occidental où les classes aisées sont très friandes de ce genre de manifestations artistiques, ils donneraient ces récitals gratuitement pour l'essentiel. Il faudrait y réfléchir.

Helmut décida de partir chasser le loup quelques jours, on prépara la troïka, les fusils (il fallait en prévoir plusieurs, ils se chargeaient toujours par le canon et ne tirait qu'une charge à chaque fois), un aide était nécessaire rien que pour recharger les fusils. Il fallut trouver un cocher, cela fut fait rapidement, l'aide serait

Igor, il fut tout heureux de participer à cette chasse. Anna n'apprécia pas beaucoup que son mari lui échappe surtout pour un motif aussi, disons, puéril (et cela pouvait être dangereux). Les grandes forêts ne manquaient pas dans la région, rien qu'autour du domaine les bois occupaient une place considérable, il n'y manquait ni cerfs ni chevreuils ni sangliers. Les chevaux ont une peur innée des loups, ce n'est pas sans raison ; ceux-ci attaquent les chevaux en se jetant à leur gorge.

Il ne fallut pas longtemps à nos deux aventuriers pour arriver dans une région propice, le premier jour alors que le soleil bien bas s'approchait de l'horizon, les chevaux manifestèrent une certaine inquiétude : leurs oreilles couchées et leurs hennissements furent le signal. Helmut et Igor furent instinctivement sur leur garde et se préparèrent. Cinq minutes passèrent , une harde arriva sur leur gauche, le cocher ne ralentit pas, les loups n'attaquèrent pas immédiatement, ils restaient à leur hauteur, pas pressés, Helmut visa : le premier tomba après une roulade dans la neige, Igor lui tendit un autre fusil, il tira encore, un autre loup fut blessé, les chevaux, effrayés, prirent le galop, un loup de tête se jeta sur le cheval le plus à gauche tandis qu'une partie de la meute ralentit pour laisser passer la troïka et accéléra sur le côté droit pour attaquer le cheval de l'autre côté, Helmut ne pouvait pas aussi bien viser par ici, Igor se saisit alors d'un fusil et visa du mieux qu'il put, en tuant un sur le coup. La meute sembla battre en retraite ; était-ce une ruse ? Non, ils s'éloignèrent pour cette fois. Il y avait deux loups au palmarès et un blessé qui avait disparu (apparemment). Il fallait être très attentif et garder une arme en s'approchant des cadavres car un loup blessé peut être très dangereux. Helmut fut attaqué pendant qu'il ramassait leurs trophées et sans son arme il aurait été en difficulté. Il tua le troisième loup. Ensuite il fallut trouver une auberge pour la nuit, il se passa encore deux heures - qui leur semblèrent interminables – avant d'en trouver une, la nuit était tombée quand ils purent s'approcher de l'âtre. On détela les chevaux, ils furent emmenés à l'écurie où le cocher les bouchonna. Puis Helmut commanda les repas de tous qu'ils prirent ensemble, ensuite le cocher et Igor rejoignirent les chevaux. Helmut prit possession de sa chambre, dehors les bourrasques de neige et de vent durèrent une grande partie de la nuit, demain on ne retrouverait pas le traîneau ! Les loups qui, à n'en pas douter, sentaient l'odeur des chevaux hurlèrent jusqu'au petit matin.

Dès le lendemain ils prirent le chemin du retour, le temps devenant trop exécrable, peut-être trouveraient-ils des loups sur leur trajet. Ce ne fut pas le cas, tout le monde apprécia de retrouver le château et ses habitudes douillettes, Anna ne manifesta pas trop sa joie car elle n'aimait pas qu'Helmut prenne des risques de ce genre (et en fasse prendre aux autres) pour des motifs futiles.

On vint enfin à bout de l'hiver, le château à cette saison vivant en autarcie pratiquement sans échange avec l'extérieur, seul le professeur de violon faisait le lien avec la ville, c'est lui qui apportait quelques nouvelles et aussi les journaux une ou deux fois la semaine. Ils s'ennuyaient quelquefois et l'arrivée du printemps était une fête car ils pourraient faire des rencontres, recevoir, se déplacer après cette léthargie de plusieurs mois. Pendant tout l'hiver ils avaient échafaudés des projets : certains utopiques mais d'autres réalisables, l'idée de voyager loin était celle qui revenait le plus souvent. Bien qu'on fût à une époque charnière : des États[8]

---

[8] A partir de 1815, la Prusse « récupéra » les départements français d'Allemagne, la Pologne devint

naissaient, d'autres disparaissaient, ils avaient décidé de se diriger vers l'ouest bien sûr, l'Allemagne (confédération du Rhin), l'Autriche, Vienne, l'Italie, Venise, la France, Paris : ils avaient la fortune et la jeunesse devant eux. Une berline de quatre places tirée par trois chevaux ferait l'affaire, il fallait remplir quelques formalités auprès des ambassades pour obtenir les passeports pour eux et leurs trois valets (le cocher plus un homme et une femme de leur entourage immédiat). Il était nécessaire de déposer les demandes dans les différents consulats de Kalouga (peut-être aussi à Moscou qui, bien que n'étant pas la capitale regroupait de nombreuses ambassades et consulats). Pour la France il n'y avait pas encore de représentation diplomatique, c'était la Pologne (ou Grand Duché de Varsovie) qui servait d'intermédiaire entre les deux pays qui sortaient tout juste de la guerre. Ils décidèrent de supprimer la France de leurs « prétentions » pour cette fois. Au tout début du mois d'avril ils se lancèrent dans l'aventure avec pour domestiques Igor (toujours lui) et Valentina, femme de chambre, le cocher étant Piotr que nous connaissons

---

russe.

déjà. Helmut prit un fusil (on ne sait jamais, les loups peuvent avoir faim aussi au printemps).

Les étapes ne dépassaient pas soixante à soixante-dix Km par jour, il fallut plus de trois semaines pour atteindre Vienne à la veille du congrès du même nom. Helmut et Anna descendirent dans les plus belles « pensions » de la ville, ils vécurent là des moments inoubliables à l'opéra de Vienne, même à la cour au palais de Schönbrunn (où ils aperçurent l'Aiglon – Napoléon II – âgé de trois ans, fils de l'empereur des Français et de Marie-Louise d'Autriche). A cette époque le sentiment anti-français était à son comble juste après la chute de Napoléon. Ils restèrent au moins deux mois à Vienne et purent vivre en direct la mise en place du congrès de Vienne. Ce congrès avait pour but de réorganiser l'Europe après la chute de l'empereur Napoléon 1er, les décisions y furent prises par les quatre grands vainqueurs : Autriche, Russie, Grande-Bretagne, Prusse[9]. Autant dire que l'Autriche était en fête. Anna et Helmut vécurent peut-être les jours les plus heureux de leur existence. Ils dansèrent de nombreuses valses tout à l'allégresse du temps, souvent Helmut prononçait à l'oreille

---

[9] Biblio. Encyclopédie Larousse

d'Anna le diminutif de son prénom : Anja et ajoutait « je t'aime ».

Après tout cet épisode passé loin de la Russie ils jugèrent bon de ne pas visiter d'autres pays pour cette fois mais ne purent s'empêcher de « pousser » encore un peu plus vers l'ouest, jusqu'à Salzbourg patrie de Mozart où ils séjournèrent près de deux mois. C'est dans cette ville qu'ils se produisirent tous les deux pour la première fois en public où ils jouèrent « la Flûte Enchantée » du grand virtuose de Salzbourg mort juste après leur naissance.
Il fallait bien penser à reprendre le chemin de Kalouga (en repassant par Vienne), l'automne arriverait vite, les routes seraient peut-être boueuses. Et puis il ne fallait pas prolonger cette période déjà bien assez longue sans les maîtres du domaine. Toutes ces responsabilités dans les mains du seul intendant faisaient jaser à Kalouga, c'est sûr. Ils arrivèrent le 8 octobre au château, il y avait comme un manque d'entretien dans les allées conduisant à celui-ci mais ce n'était pas si grave, se dirent-ils.
Anja et Helmut s'accordaient sur de nombreux points, ils y avaient pensé d'abord chacun de leur côté puis ils en vinrent à exposer ce qui tout doucement « émergeait » de leur pensée,

à savoir : *la Russie envisagerait-elle un jour de traiter plus humainement les personnes de basse condition ?* Leur voyage les avait-il éclairés sur certaines réalités ? Cela faisait des siècles qu'il y avait des serfs dans ce pays, des gens corvéables à merci, sans salaire, sans aucun bien pour qu'une petite minorité puisse vivre dans l'opulence. Pour cela il fallait que la plus grande partie de la population soit aliénée, n'ayant aucune liberté, ne pouvant rien décider d'elle-même pour elle-même. Un jour il y aurait une révolution précédée d'une terrible révolte des paysans car c'était eux les plus, disons, exploités et nous les nobles et la classe sociale la plus aisée nous paierions très cher notre aveuglement, nous pourrions même le payer de notre vie !

C'est ce qu'Anna et Helmut se dirent ce soir-là, il faudrait que les choses changent, on avait l'impression que la classe dirigeante ne pouvait pas se remettre en cause, qu'elle faisait preuve d'un entêtement « monolithique ». Un jour, bientôt peut-être, les acquis de la Révolution française pénétreront dans le pays et ce serait une vague déferlante.

>   - Il est temps que cela change mais comment initier ce changement ? Ici, par exemple, que pouvons faire pour rendre la vie de nos « sujets » plus

agréable, où la justice aurait plus sa place ? dit Anna.

- Il faut que nous soyons prêts à abandonner certains privilèges, dit Helmut.
- Donner le droit à nos domestiques de nous quitter s'ils le désirent, après mûre réflexion.
- Leur donner un lopin de terre qu'ils pourraient exploiter à leur guise : ils pourraient produire leurs propres légumes pour leur subsistance même vendre l'excédent pour se faire un peu de revenus.
- Il faudrait que nous versions un salaire décent à chacun, que nous leur donnions de quoi se loger dignement.

C'est sur ces considérations qu'ils allèrent dormir ce soir-là avec la sensation d'avoir fait une bonne action ! Ils commencèrent rapidement à mettre en marche ce changement, il faudrait les préparer à cela ; (on ne peut donner toute liberté immédiatement à une population qui en a été privée depuis la nuit des temps).

- Pour cela il est nécessaire de leur parler, dit Anna.

- Qu'en dira-t-on chez les autres possédants, répondit Helmut.
- Mettons en œuvre ces changements chez nous, sans nous soucier du qu'en-dira-t-on justement.
- Attention, allons-y doucement, si on leur dit aujourd'hui : voulez-vous que nous vous donnions quelques roubles pour vous installer où vous le désirerez, après-demain on risque d'être obligés de faire le travail nous-mêmes !
- De toute façon Raskolnikov devra être averti de ce que nous avons l'intention de faire, il faut lui en parler dès aujourd'hui (la cloche tinta).
- Elena, peux-tu dire à Monsieur Raskolnikov que nous voudrions le voir rapidement.
- Bien Madame Anna Ivanova.
- Réfléchissons bien à ce que nous allons lancer ! dit Helmut.
- Bonjour Madame Anna Ivanova, bonjour Monsieur Helmut Kraussof, vous m'avez fait demander ?
- Bonjour Maxime Raskolnikov, d'abord nous vous remercions pour la bonne tenue du domaine pendant notre voyage dit Anna qui continua :

maintenant nous voudrions vous entretenir de quelque chose de très important pour nous et qui nous tient énormément à cœur, nous aimerions laisser un peu plus de liberté à nos gens, à vous aussi bien sûr.

Maxime Raskolnikov ne fut pas certain d'avoir bien entendu, c'est ainsi qu'une nouvelle ère fut initiée au château de Kalouga.

Nouvelle ère

Les jours qui suivirent furent plutôt calmes dans l'ensemble, soyons certains pourtant que la nouvelle fit l'effet d'une bombe mais il fallait « réaliser ». Les femmes de chambres étaient, comme toujours, aux « petits soins » envers leur maîtresse, elles se disaient que, certes, elles auraient davantage de liberté mais elles appréciaient bien leur train-train journalier et ne demandaient pas trop que cela change pour elles. Bien sûr pour d'autres catégories (comme on dit maintenant) l'enjeu sembla d'importance et on en parlait souvent quitte à ce que le travail s'en ressente. On se prépara à entrer dans l'hiver, rien ne bougea au château, à part deux ou trois hommes de peine qui osèrent demander quelques précisions à l'intendant.

Après un certain temps, Anna sentit un changement dans son corps (son tour de taille)

et elle annonça à Helmut qu'il serait papa l'année prochaine, ce qui lui procura une grande joie !
Pendant ce long hiver 1814-1815, on parla surtout de la future naissance, les changements attendus dans un autre domaine ne se feraient pas avant quelques mois.

- Ce sera un garçon.
- Non, une fille.

Chacun avait son idée sur la prochaine venue au monde y compris chez les domestiques du « premier cercle ».
Les préparatifs allaient bon train, on envisageait la venue des parents d'Anna à l'occasion de la naissance.
Il fallut acheter un berceau, ils se rendirent en ville pour le commander, il faudrait aussi les accessoires indispensables mais comme dans tous les pays du monde (occidental) le bleu ou le rose était la grande question.
Anna sentait la vie en elle. L'hiver se passa le plus calmement du monde, Helmut ne fut pas saisi du démon de la chasse et préféra rester auprès de son épouse. Bien qu'il aimât la chasse, il avait un cœur tendre et donnait quelques graines et noix aux mésanges qui venaient quémander leur nourriture à la fenêtre, pour ces pauvres oiseaux l'hiver est

terrible. Ils lisaient beaucoup, pensaient à leurs futurs voyages, quelquefois ils se mettaient à jouer en duo au coin de l'âtre. Ils s'entretenaient des changements profonds en Europe : les frontières étaient corrigées, on ne tenait pas grand compte des volontés des peuples, ils subissaient comme toujours. Le royaume de Pologne fut annexé à la Russie.

La naissance aurait lieu avec l'arrivée du printemps, Anna ressentait quelques douleurs fugaces, elle accoucherait au château, il était temps de penser à chercher un médecin, une sage-femme serait aussi nécessaire.

Il fallait souligner le caractère d'internationalité de la famille, Ivanova la Russe, Krauss (Kraussof maintenant) le Prussien – presque – Russe (en tout cas de naissance) ayant rejoint l'armée de l'empereur des Français alors qu'il était – presque – français : Osnabrück faisait partie à l'époque de son engagement du département français de l'Ems supérieur qui avait eu une durée très éphémère (moins de trois ans et demi). En plus de ce caractère binational il y avait aussi cette double religion, chacun ayant en quelque sorte adopté la religion de l'autre. Le mariage avait été orthodoxe puisque célébré en Russie. L'enfant serait vraisemblablement de religion orthodoxe mais ce n'était pas un sujet de division entre

Helmut et sa chère Anja[10]. Le pays de l'un était le pays de l'autre.

Natalya Fédérova la mère et Andreï Fédérov le père d'Anna se mirent en route à la fin de l'hiver, en calèche ; peu de temps après leur départ ils se dirent, alors qu'ils étaient pris dans une tourmente de neige, qu'il aurait été préférable de partir en traîneau ! Ils arrivèrent aux derniers jours d'avril alors que la petite Alexandra (diminutif Sandra) avait vu le jour le 18 avril. Tout s'était bien passé, ç'avait été l'effervescence au château, Helmut était « aux anges » et Anna à peine levée et ses parents à peine arrivés, il invita toutes les personnalités ou presque de Kalouga, le pope compris pour fêter l'évènement, on but beaucoup, les domestiques furent de la fête. Le pope avait été le premier prévenu de la naissance et était venu administrer le sacrement du baptême le lendemain de celle-ci, la neige tombait encore ce jour-là.

La maman d'Anna, Natalya Fédérova adorait prendre la petite fille dans ses bras et Anna lui réclamait souvent le bébé.

Le printemps arriva enfin.

---

[10] Anja : diminutif russe d'Anna (très utilisé aussi en Allemagne).

En Russie la nature « explose », les lilas ne tardent pas à embaumer tout autour, le muguet fait son apparition dans les bois ainsi que les jacinthes sauvages. Les glycines apparaissent le long des murs exposés au sud des différents pavillons indépendants de la masse principale du château.

Ce château est composé d'un quadrilatère ayant une construction à chaque angle : au sud-ouest, un donjon, aux trois autres angles un pignon terminé par un toit conique, des remparts de dix mètres courent entre chaque construction. A la base du rempart sud : la porte principale.

Tout autour du château proprement dit on trouve le corps de bâtiments principal : les logements des maîtres de construction récente avec un immense perron (exposé au sud), les différents pavillons d'habitation : celui de l'intendant et ceux, beaucoup plus sommaires des domestiques et les étables, écuries, porcherie, granges avec greniers, fenils, le pressoir, etc.

Anna Ivanova appartient à l'une des familles les plus fortunées de Russie néanmoins l'entretien du château coûte cher surtout le château fort historique (XII - XVI ème). Aussi vit-on en autarcie au maximum, par une agriculture développée, l'élevage y a une part importante, la nourriture pour l'essentiel vient du château, des bestiaux sont vendus chaque année ainsi que des porcs sans oublier l'excédent de légumes et de blé. Ce commerce sert à entretenir le château proprement dit, les différents pavillons ainsi que, évidemment, le corps de bâtiments principal qui comprend les logements des maîtres.

Maintenant que l'on a décidé d'attribuer un salaire aux domestiques, éventuellement de donner un petit pécule à ceux qui voudraient prendre leur indépendance (ou leur autonomie, dans ce cas ils resteraient toujours liés par contrat au château), il faudrait essayer de dégager un excédent plus important, les meilleures années en tout cas. Comment ? En faisant travailler davantage ? Difficile bien que des citoyens ayant davantage de liberté peuvent – dans certains cas – accepter de travailler plus...

Les parents d'Anna repartirent vers l'Oural ; Anna et Helmut commencèrent une autre vie maintenant qu'ils étaient parents à leur tour.

Ce ne fut pas facile de mettre en place les améliorations de conditions de vie envisagées pour les domestiques. Ceux-ci dans l'ensemble apprécièrent beaucoup ce changement et respectèrent d'autant plus leurs maîtres. Les plus grandes difficultés vinrent surtout de la société noble et bourgeoise (ce mot était peu usité) qui n'appréciait pas que l'on donnât des libertés au peuple et ne se sentait pas prête à suivre ce modèle. Anna et Helmut se firent davantage d'ennemis qu'ils avaient envisagés avant cette réforme, ils tinrent compte de l'opinion des nantis et continuèrent dans le sens de la réforme entreprise mais plus modérément.

Ils se faisaient quelquefois conduire en forêt le long de la rivière Oka et y passaient la journée ou bien en ville pour flâner avec leur bébé dans son landau (voiturette pour enfant) vers le mail central (ils se remémoraient leur rencontre du jour du récital). L'été est très agréable à Kalouga, ils passèrent ainsi plusieurs étés comblés de bonheur par leur enfant qui grandissait entouré d'amour. Les hivers, toujours glacials, ne permettaient pas ces promenades détendues (il faudrait attendre que l'enfant grandisse avant de pouvoir aller patiner). Anna et son mari vivaient les jeunes années de leur union sans soucis, dans l'oisiveté. L'hiver ils jouaient en duo de leur instrument préféré et préparaient les concerts (de plus en plus rares) de l'été qui avaient lieu aussi bien au château qu'en ville. L'été était la saison des réceptions, on répondait à leurs invitations le plus souvent mais quelquefois ils essuyaient un refus poli ou on leur donnait un prétexte fallacieux. On ne les invitait plus aussi souvent qu'avant : il était évident que la « bonne société » se méfiait d'eux et de leurs idées avant-gardistes. Elena avait demandé son indépendance, Anna la lui avait accordée et lui avait fait un don de cinq cents roubles, elles s'étaient quittées en bons termes malgré le différend qui les séparait, ceci en 1817.

Plusieurs années passèrent encore, le personnel presque dans son ensemble était resté au château, chacun recevait un salaire, avait un lopin de terre ; une basse-cour commune était à disposition de tous (chacun devait participer selon ses possibilités à l'entretien), les maîtres avaient la leur, qui servait aussi à l'intendant. Anna et Helmut s'occupaient de l'instruction et de l'éducation d'Alexandra, on demanda à l'intendant de trouver un chiot pour celle-ci : un loulou de Poméranie. Quand Sandra atteignit l'âge de cinq ans on lui trouva un précepteur russe qui parlait aussi l'allemand et le français (une des raisons, en plus de la culture, de l'intérêt pour ces langues chez les Russes aisés était qu'il pouvaient parler librement devant leurs domestiques sans risquer d'être compris !), ce jeune Alexis (Alexeï) n'avait que vingt ans,

Alexandra l'aima beaucoup, ses parents aussi :
il resta à demeure au château et fit bien sûr
partie du premier cercle (même si cette
expression tendait à disparaître
progressivement !)

Je crois que c'est à partir de ce moment-là, en
1820 que Helmut et Anna parlèrent de voyages
avec insistance, l'année étant un peu avancée
(il fallait toujours compter avec le long hiver
russe dans ce temps-là), on préféra remettre à
l'année suivante mais en s'y préparant à
l'avance.

En 1815, par le congrès de Vienne, en plus de
la Hongrie, l'Autriche avait inclus dans son
territoire la Lombardie et la Vénétie, l'Autriche
était maintenant la voisine directe de la Russie
et plutôt amie de celle-ci. Napoléon était
devenu prisonnier des Anglais dans l'île de
Saint Hélène, très loin de l'Europe dont il avait
été le maître pendant des années, il avait payé
très cher ses désirs d'expansion sans limites.

Anna éprouva l'envie de visiter Venise, c'est
ainsi qu'ils élaborèrent un projet de voyage
jusqu'à la Cité des Doges.

En attendant de découvrir une nouvelle fois
d'autres cieux, ils succombèrent tous deux à
une nouvelle passion qui faisait fureur en
Russie : l'agriculture sous serre, aussi bien
pour les légumes, les fruits que pour les fleurs

dont certaines espèces tropicales comme le poinsettia (étoile de Noël) et même l'orchidée ! Eh oui ! Même sous le ciel russe, dans des serres chauffées on peut arriver à ce prodige. Le jasmin, le laurier-rose n'avaient plus de secrets pour eux. La culture forcée de la tomate fut un succès, on arriva même à faire produire quelques fruits à un bananier mais c'était la limite extrême de l'exotisme à Kalouga. Quant aux citronniers et orangers ils se développèrent en quantité dans l'orangerie qu'ils firent aménager dans un pavillon à l'abandon. Helmut se remémorant ses « exploits » dans les forêts de Nijni Novgorod eut l'idée de commencer à développer l'industrie du bois autour du château mais excepté pour montrer aux manouvriers comment se servir du passe-partout, il ne se lança pas lui-même dans l'aventure, il préféra s'adonner à la botanique. Il devint un expert en greffe de rosiers sur églantiers, ceci permet de copier un rosier, il arriva après plusieurs tâtonnements à reproduire une rose, ce dont il ne fut pas peu fier mais là où il « fit fort » (comme l'on dit) c'est quand il réussit à créer une rose après une opération très délicate depuis deux roses (de rosiers différents) en la nommant, devinez : Anja Ivanova.

C'est peut-être pour tromper leur ennui en attendant la réalisation de leur voyage prochain qu'ils se donnèrent tant à ces nouvelles activités auxquelles participa bien sûr le personnel du domaine, sauf pour les roses (il y a longtemps qu'on n'employait plus l'expression affligeante de serf !).

Au printemps de 1821, Alexandra avait presque six ans, ils partirent avec leur propre équipage encore, en berline donc, vers Venise qui avait tant fait rêver Anna. Alexis serait du voyage.

Après Vienne qu'ils connaissaient déjà bien et qu'ils retrouvèrent avec émotion, ils se dirigèrent enfin vers le sud et affrontèrent la montagne qui leur opposa une certaine résistance ! En effet l'état des chemins ne permettant pas de couvrir de longues étapes, il fallait quelquefois s'arrêter plusieurs jours à une halte pour laisser les chevaux reprendre un peu de forces. C'est souvent qu'Helmut devait descendre de voiture pour aider à la désembourber alors que le cocher frappait les pauvres bêtes avec énergie. L'accueil souvent glacial de la population n'encourageait pas les déplacements à cette époque, les voyageurs étrangers étant assimilés à des Autrichiens (depuis quelques années la Lombardie Vénétie dépendait de l'Empire autrichien).

Comme chacun sait la ville de Venise est construite sur pilotis plantés sur le fond de la lagune du même nom et les rues font place aux canaux dont le plus connu « le Canal Grande » attire depuis toujours les curieux, surtout ceux qui n'ont pas à gagner âprement leur existence.

Il fallut bien laisser la voiture, les chevaux et le cocher dans une pension comme on disait à l'époque, quelques kilomètres avant la ville proprement dite. On prendrait une calèche pour s'approcher du lieu où l'on prendrait ses quartiers, les déplacements dans la ville se faisant en barques appelées « gondoles », c'est le gondolier debout à l'arrière de l'embarcation qui la faisait avancer en « godillant ».

Ils visitèrent tous les musées ou presque, passèrent un séjour exaltant en allant presque chaque jour au théâtre ou au concert comme celui donné par le maître du violon Nicolo Paganini [11] qu'ils adorèrent.

C'est à Venise qu'ils apprirent la mort de Napoléon 1er.

---

[11] Bibliographie : musicologie.org

Après Venise ce fut Paris ; nous étions sous le règne de Louis XVIII.

Par un juste retour des choses le tsar Alexandre 1er avait envoyé ses troupes en France en 1814 et 1815. A partir de 1820 la noblesse russe reprit le contact avec la France surtout par les voyages qu'y effectuèrent ses membres. Anna et Helmut changèrent encore de cieux et leur berline fit son entrée dans Paris à la fin de 1821. C'était la belle époque pour les Russes en France, les guerres napoléoniennes s'éloignant ainsi que la revanche des Russes sur l'empereur des Français. On peut dire qu'Anna choisit bien le moment pour son premier voyage à Paris. Il semble que leurs lieux de prédilection furent déjà le boulevard des Italiens, la salle Favart (Opéra Comique) où ils jouèrent de leur instrument préféré (Anna : le hautbois et Helmut : le violon), les jardins du Palais Royal au dessus desquels ils vécurent quelques mois. C'est la qu'Anna se découvrit une passion pour la France et Paris, ils furent – déjà – des spectateurs assidus de la Comédie Française (salle Richelieu).
Ils visitèrent Paris et ses environs, se firent conduire à Versailles, Saint-Germain-en-Laye. Ils se rendirent à Vaux-le-Vicomte au début du

printemps 1822. Ils rencontrèrent quelques personnages importants. On parlait beaucoup à Paris de Julienne de Saxe-Cobourg-Saafeld (allemande) qui était devenue, par son mariage avec le grand-duc Constantin Pavlovitch de Russie, grande-duchesse de Russie sous le nom : Anna Fiodorovna[12] or ce mariage avait été dissout le vingt août de l'année dernière.

Ils restèrent quelques mois à Paris lors de ce premier voyage avant de rentrer après deux mois d'un trajet sans fin à Kalouga où l'intendant ne fut pas fâché de les voir réapparaître.

En effet, certains des domestiques notamment ceux qui avaient été désignés pour l'exploitation de la forêt alors qu'ils avaient accepté – lorsque qu'on avait débattu du sujet de rester ou non sur le domaine – les conditions proposées par Helmut avant son départ pour Venise et Paris, n'avaient pas « joué le jeu ». Quand le chat n'est pas là les souris dansent, comme on dit en français.

Donc ces forestiers, considérant qu'ils avaient été trompés- en tout cas c'est ce qu'ils essayèrent de défendre – parce qu'ils n'avaient pas réalisé l'ampleur de la tâche, avaient dénoncé le contrat de travail (comme on dirait

---

[12] Biblio. Wikipedia

– beaucoup – plus tard) et avait freiné la production au maximum.

Il avait été convenu qu'ils recevraient un salaire en rapport avec les difficultés liées à ce type de travail de cinq roubles par jour pour une durée de travail de huit heures en hiver et onze heures en été

Maxime Raskolnikov leur avait adressé une lettre – qu'ils n'avaient pas reçue avant leur départ de Paris – où il expliquait les difficultés rencontrées. Helmut dut user de toute la diplomatie possible d'abord pour expliquer aux manouvriers qu'il n'avait jamais été question de les tromper puis pour les remettre au travail après avoir accepté d'augmenter de cinq à sept roubles et vingt-cinq kopecks par jour (avec garantie de deux roubles et cinquante kopecks pour les jours d'hiver où il serait impossible de travailler à cause des intempéries). Helmut ne voulut pas « lâcher » un kopeck de plus.

On était à la fin du printemps, Helmut put reprendre ses activités liées à la botanique et ses expériences sur les améliorations des plantes, aidé d'Anna. Il se prit de passion pour la balalaïka, instrument typique de la Russie, à cordes pincées (à la différence du violon où elles sont grattées). Anna se remit au piano qu'elle avait étudié plus jeune. Alexandra avait

maintenant sept ans, Alexis était – presque –
de la famille maintenant, son élève retrouva
l'application d'avant les voyages.

En ville on commentait encore la mort de
Napoléon, le tyran qui avait voulu asservir
l'Europe et qui avait tant fait souffrir la Russie,
Moscou était reconstruite maintenant et la
bataille de Borodino était déjà un lointain (mais
encore vif) souvenir surtout pour les familles
qui avaient perdu un être cher ou plusieurs au
combat.

Qu'il me soit permis de relater un passage ici
car tout n'est pas tout blanc ou tout noir :
(Je cite) « *Parmi les serfs notamment il était
d'usage de penser que Napoléon allait libérer
les serfs de leurs chaînes.* Mais il ne faut pas
non plus confondre les idéaux légitimes de la
liberté auxquels les serfs aspiraient et leurs vils
désirs de jouissance et de déprédations
comme déjà l'écrivait la Grande Catherine
quelques années auparavant que la cruauté et
une sauvagerie incroyable florissait au sein de
la paysannerie servile et qu'il faudrait des
décennies pour adoucir les mœurs de ces
êtres frustres. Bref, l'arrivée du populaire
Empereur des Français, Napoléon Bonaparte
suscitait des espoirs et la vue de ses
étendards était synonyme de liberté. A

l'opposé se trouvait bien malgré lui, l'empereur Alexandre Ier, dont le nom était associé à la servitude, à l'esclavage et à l'obscurantisme[13] », (merci la Grande Catherine !)

Comme nous vous en avons déjà entretenu, les méthodes d'Helmut et Anna pour améliorer la vie de leurs domestiques n'avaient pas amené que des amis à nos châtelains au grand cœur. Certes, ils avaient de plus en plus de partisans mais le plus grand nombre les tenaient plutôt à l'écart.
Par le passé il y avait déjà eu des révoltes de paysans serfs souvent réprimées dans le sang.
Des voyages, il y en avait eu beaucoup d'autres, nous ne pouvons les relater tous ici.
De nombreuses années passèrent...

---

[13] La Voix de la Russie

Sceaux

Lors du dernier voyage à Paris, sous le règne
de Louis-Philippe, en 1838, nos deux artistes
(ils ont tous deux cinquante ans) qui s'étaient
déjà produits pour le public parisien à de
nombreuses reprises à l'Opéra Comique entre
autres endroits, vinrent à se trouver dans la
petite ville de Sceaux qui est célèbre pour son
parc, son imposant château ayant appartenu
au duc et à la duchesse du Maine, qui y avait
tenu salon et y reçut Voltaire, Florian.
C'est dans l'église Saint Jean-Baptiste de
Sceaux qu'ils donnèrent un récital qui fut très
acclamé. A la fin de celui-ci, Anna qui n'était
plus toute jeune mais avait encore l'ouïe fine,
fut étonnée de s'entendre apostrophée dans sa
langue maternelle, une personne d'une
cinquantaine d'années aux cheveux châtain
clair, avec quelques fils blancs, habillée d'un
manteau de fourrure se dirigeait vers elle alors
que l'église se vidait. Anna ne reconnut pas
tout de suite Elena qui avait quitté son service
il y a fort longtemps, avant 1820.

- Je suis Elena ! Du château !

Elle n'avait plus l'attitude soumise de rigueur lorsqu'on est domestique mais son visage reflétait la joie de vivre, sans suffisance, ce fut Anna qui manifesta une gêne de se trouver devant celle qui avait été à son service et qui maintenant se trouvait à ses côtés d'égale à égale mais elle se reprit rapidement (Helmut n'avait pas beaucoup connu Elena et ne manifestait qu'un intérêt relatif et répondait à ceux qui venaient s'entretenir de musique avec lui).

Les deux femmes, maintenant tout à l'émotion de leurs retrouvailles étaient visiblement enthousiasmées d'apprendre l'une de l'autre, Anna devait se dire que grâce à sa clairvoyance, une de ses anciennes domestiques (*serve* !) de la Russie tsariste avait pu atteindre à l'émancipation à laquelle elle avait droit.

Nous étions à la fin d'un après-midi du début d'octobre, à l'intersaison, c'est ce qui expliquait qu'Elena portait ce manteau (il fait frais dans les églises). Tout le monde se retrouva sur le parvis de la petite église de campagne (Paris paraissait si loin bien qu'à huit Km seulement) : Anna, Helmut qui salua Elena (l'avait-il reconnue ?), Sandra, belle jeune fille blonde, plus grande que sa maman et Paul le mari d'Elena, un homme d'âge mûr aux cheveux grisonnants, de taille moyenne, à l'allure un peu pédante, qui néanmoins essayait de comprendre la situation.

- Nous n'allons pas rester ici pour risquer de prendre froid, nous habitons tout près d'ici, faites-nous l'honneur d'accepter notre invitation à dîner dit Elena.
- Je vous remercie, je n'ose vous tutoyer mais nous le pouvons n'est-ce pas ? répondit Anna.
- Bien sûr répondit Elena (elle était ravie et un peu vexée à la fois, quelques minutes après elles se tutoyaient mutuellement ! Anna fut un peu surprise...)

Deux minutes plus tard, ils arrivèrent à un grand portail, un domestique vint ouvrir. Après avoir traversé une cour de dimensions assez modestes qui était plantée de marronniers aux feuilles jaunies de l'automne, ils furent au pied d'une bâtisse assez imposante du XVII ème ornée d'une façade de style.

- Nous l'appelons « le Petit Château » dit Elena en français.

- C'est ravissant cet endroit répondit Anna, en russe cette fois.

Elles alternaient l'usage des deux langues naturellement, le mari d'Elena avait de la peine à suivre, c'est là qu'Elena revenait au français. Il y avait là un jeune homme d'allure un peu gauche, visiblement intimidé par la jolie Alexandra, il devait avoir une vingtaine d'années.

- Je te présente Anna Ivanova, Helmut et Alexandra de notre chère Russie dit Elena
- Enchanté dit Nicolas.
- Voici Nicolas ajouta-t-elle en présentant son fils unique avec une pointe de fierté dans la voix.
- Enchantés, répondirent-ils d'une seule voix.
- Nicolas tu peux t'entretenir avec Sandra si elle veut et si tu veux, tu parles français Sandra ? Nicolas parle un peu notre langue mais c'est un peu difficile pour lui, dit encore Elena.

Paul fit asseoir les invités, la conversation continua, un peu tendue entre le mari et les nouveaux venus mais au contraire très complice entre les deux femmes.

Des domestiques s'affairaient à préparer le repas (eh oui ! on a toujours besoin d'eux), les enfants – pourrait-on dire – s'éclipsèrent et lièrent conversation dans le petit salon en aparté. Elena parlait beaucoup, Anna posait des questions, elle apprit que Paul Corbet était associé avec le propriétaire de la faïencerie bien connue de « La Madeleine » à Bourg-la-Reine près de Sceaux. Une faïencerie avait existé à Sceaux mais elle avait fermé, elle se trouvait à quelques dizaines de mètres du Petit Château. Nicolas que sa mère appelait quelquefois « Nicolaï » commençait à s'intéresser à l'activité de son père, ses études n'avaient pas été très brillantes.

-   Il est doué mais un peu paresseux dit Elena.

Anna ne pouvait s'empêcher de comparer les « deux Elena » : la faussement discrète de Russie et l'expansive de maintenant, elle parlait beaucoup et était sûre d'elle.
C'est bien ce qu'Anna avait désiré, non ? Donc elle aurait dû être satisfaite du résultat, sans restrictions mais dans son for intérieur, elle ne pouvait s'empêcher de penser que la domestique avait dépassé la maîtresse (ou plutôt avait cherché à la dépasser) mais c'était humain : elle ressentait une petite pointe de

125

jalousie malgré un contentement de soi d'être arrivée à ce résultat, à savoir permettre à une classe longtemps sous le joug d'exister enfin !
Après ce repas où l'élément russe l'avait emporté, il fut temps de se séparer.

- Où êtes-vous descendus ? dit Elena.
- Nous sommes dans une « pension » boulevard des Italiens répondit Anna.
- Etes-vous à Paris pour longtemps ?
- Nous ne savons pas encore.

Ils promirent de se revoir, les femmes s'embrassèrent avec effusion. Pendant le trajet de retour vers Paris, Anna ne put s'empêcher de penser au destin, était-ce Dieu le destin ? Quelle volonté avait voulu que se rencontrassent Anna et Elena ?
Anna n'en voulait pas vraiment à Elena d'avoir été l'instigatrice de la dénonciation d'Helmut pendant la campagne de Russie, après tout à cette époque c'était la guerre, peut-être aurait-elle agi de même, Elena aimait son pays et elle en avait voulu à Anna Ivanova de recevoir ce Prussien.
Anna et Helmut restèrent beaucoup plus longtemps qu'ils n'avaient prévu, ils quittèrent la pension du boulevard des Italiens et louèrent un appartement rue de Richelieu, Alexandra applaudit à cette décision car elle appréciait

126

beaucoup la vie parisienne et sa liberté, comme ses parents d'ailleurs. Ils avaient souvent joué en duo à l'Opéra Comique, cette année ils ne le purent pas car un incendie avait détruit cet endroit le quinze janvier 1838[14].

Ils écrivirent à Maxime Raskolnikov, l'intendant, lui donnèrent quelques directives en lui laissant leur adresse parisienne si besoin était de les joindre. Ils vécurent un hiver « de folie », se rendirent souvent au théâtre, à la Comédie française, au concert ; ils fêtèrent le Noël du 25 décembre et devinez avec qui ils commémorèrent la naissance du Christ selon la tradition orthodoxe ? Avec Elena et sa famille venus de Sceaux. Ils s'étaient d'abord retrouvés à l'église russe de Paris (avec d'autres compatriotes qui feraient partie de la fête) où ils communièrent dans l'amour de la Sainte Russie. Les jeunes, Sandra et Nicolas semblaient s'apprécier beaucoup plus que leurs pères ! Quant aux dames, elles étaient on ne peut plus heureuses de pouvoir parler de leur pays (surtout à ce moment béni de cette fête de Noël), Elena ne recevait que peu de nouvelles de Russie (elle avoua à Anna qu'elle craignait de ne jamais la revoir), les journaux

---

[14] Bibliographie : Wikipedia (la Salle Favart sera reconstruite plus tard)

127

français en parlaient peu, on ne recevait pas la presse russe – de toute façon elle ne savait pas lire dans sa langue ! – à la différence du français.

Anna et Helmut jouèrent quelques morceaux du folklore russe bien que ce ne fût pas leur « spécialité ». Les jeunes autres invités aimèrent beaucoup ! Helmut et Elena dansèrent ensemble pendant qu'Anna exécutait un air entraînant en solo. On avait bu beaucoup de champagne ce soir-là, Anna aperçut Elena qui susurrait quelque chose à l'oreille d'Helmut, qui sembla en proie à une gêne soudaine.

La fête prit fin sur le matin mais il semblait que l'ambiance joviale avait perdu de son intensité. Helmut se retrouva plus d'une fois à converser en aparté avec un des invités : ce personnage de grande taille, aux larges épaules, qui en imposait énormément avec sa moustache grisonnante, ses yeux bleus, sa chevelure poivre et sel.

Quelque temps après le Noël orthodoxe Helmut s'entretint avec son épouse de la révélation que lui avait faite Elena pendant qu'ils dansaient, lors de leur petite fête, au sujet de son père qui avait toujours beaucoup compté pour elle avait-elle ajouté, or, comme il le savait, celui-ci avait « disparu » du château.

Helmut n'avait rien compris mais une sorte de gêne s'était ensuivie entre Elena et lui et ils n'avaient plus dansé ensemble de la soirée... Il fallut bien qu'Anna lui fournisse une explication, ce que jusque là elle n'avait jamais cru nécessaire de faire.

- Je n'ai jamais eu la preuve que ce soit Nicolaï le père d'Elena qui t'ait dénoncé aux autorités mais tout contribuait à le laisser penser puisqu'il avait même refusé de m'accompagner à Nijni Novgorod or Elena avait appris que tu avais été envoyé au camp de cette ville : il n'y avait que son père qui pouvait le savoir. De plus, il avait signé son crime en disparaissant ! Bien sûr, tu ne savais rien de tout cela.
- Je veux bien croire que son père comptait beaucoup pour elle mais je ne suis pas sûr d'être celui qui devait recevoir ses confidences. ! Même si elle ignorait que je ne savais rien de cette histoire.
- Je comprends ta colère, dit Anna
- Et selon toi, pourquoi m'a-elle dit cela ? Pour que je lance des recherches pour retrouver son père ? Elle n'a pas frappé à la bonne porte,

129

elle aurait mieux fait de s'adresser à toi !

Anna recevait tout cela en « pleine figure », Helmut ajouta :
- Et puis pourquoi crois-tu qu'elle essaie de mettre son fils dans les bras d'Alexandra ? Pour prendre possession du château par enfant interposé ?
- Ne trouves-tu pas que tu vas un peu loin ? Je n'apprécie pas ta façon mesquine de voir les choses, restons-en là, veux-tu !

Helmut malgré tout l'amour qu'il portait à sa femme s'endormit bien triste ce soir-là. Ces premiers jours de janvier 1839 l'amenèrent à considérer la proposition faite par l'invité du Noël orthodoxe : l'ambassadeur de Nicolas 1er Tsar de Russie, en France, ce dernier n'ignorait pas le fait qu'Helmut avait fait la campagne de Russie dans les armées de Napoléon.
La proposition était celle-ci : devenir attaché de l'ambassade de Russie en France, il avait beaucoup de qualités pour cela, son épouse et lui possédaient un immense domaine à Kalouga ce qui ne les empêchait pas de

s'ouvrir au monde par les idées nouvelles que la France avait initiées et le fait qu'ils se « partageaient » entre les deux pays était un atout supplémentaire. L'ambassadeur lui avait ensuite indiqué que le prix de la location de leur logement parisien serait, en partie, pris en charge par l'ambassade de Russie.

Helmut s'en entretint avec Anna, celle-ci fut enchantée et encouragea son mari à se rendre à l'ambassade qui se trouvait dans l'hôtel particulier Grimod de la Reynière, rue Boissy d'Anglas[15].

Ainsi leur vie évolua-t-elle encore une fois, Helmut devint un proche de l'ambassadeur Alexeï Dobrotkine. En quoi consistait la fonction d'attaché ? Lorsqu' Helmut serait en Russie, lors de rencontres avec des compatriotes intéressés par le commerce avec la France, par exemple, il présenterait des opportunités d'échanges commerciaux dans un domaine donné entre les deux pays, lorsque des Russes seraient intéressés il en référerait à l'ambassadeur qui mettrait en relation Russes et Français. Lorsqu'il serait en France il pourrait bien sûr rencontrer lui-même les personnes concernées.

---

[15] Bibliographie : Dans le secret des ambassades

Un dimanche de printemps, ils expérimentèrent l'aérostation au Champ de Mars en effectuant leur baptême de l'air à l'aide d'un ballon captif, c'est ainsi qu'ils furent parmi les premiers à s'élever dans les airs, ceci en 1839 ! Ils furent enthousiasmés, Anna serrant le bras d'Helmut avec une vigueur inouïe, ce qui lui procura un vif plaisir.

Helmut s'était plus d'une fois entretenu avec l'ambassadeur sur un sujet qui lui tenait particulièrement à cœur : l'exploitation du bois en Russie (il avait même un intérêt personnel). En tant qu'attaché de l'ambassade il demanda à Alexis Dobrotkine s'il accepterait de le mettre en relation avec des Français qui pourraient amener à la Russie des possibilités de développement de cette activité. L'ambassadeur parut réfléchir et après un temps il dit qu'il pensait à un homme assez connu en France : Georges Washington de La Fayette,[16] fils de l'illustre général mort quelques années auparavant.

- Ce Georges Washington, pour ne rien vous cacher, dit-il, participa à certaines batailles de Napoléon mais pas à

---

[16] Georges Washington premier président des Etats-Unis fut son parrain (Wikipedia)

l'expédition de Russie, il fut sous-lieutenant de hussards[17] comme vous (il fit un clin d'œil à Helmut) mais ne put accéder au grade supérieur car Napoléon lui-même y fit obstacle[18] car il reprochait à La Fayette son père son peu d'entrain à le soutenir lui, Napoléon. Vous avez compris que Georges Washington de La Fayette m'a plu pour plusieurs raisons, ajouta l'ambassadeur, c'est pourquoi j'ai fait sa connaissance il y a plusieurs années, nous avons beaucoup de sympathie l'un pour l'autre, vous devez vous demander pourquoi je vous dis tout cela mais je fus très proche de lui il y a quelques années (ça me revient : il fut même aide de camp de son père lors de la révolution de 1830). Donc, pour continuer, Georges Washington m'invita dans le château natal de La Fayette quelques mois après sa mort (en 1834) et vous allez comprendre où je veux en venir. Cette maison natale du général se trouve dans un tout-petit village de la Haute-Loire, en Auvergne,

---

[17] C'est la réalité.
[18] C'est encore la réalité.

à plus de cinq cents Km de Paris ! à Chavaniac[19] exactement. On y arrive : une des « spécialités » des hommes de ce pays (enfin de ce coin du Massif Central) est le débitage du bois, on les appelle *scieurs de long* et je vous dis tout cela mais je dois vous ennuyer, j'essaie de trouver le nom...

- Non, pas du tout, au contraire glissa Helmut.

- Le nom du petit village (presque un hameau) je l'ai sur le bout de la ...*Saint Vert* ! (vert comme les sapins, les épicéas – les mêmes que chez nous, il n'y a pas que des bouleaux) qui couvrent les pentes environnantes. Eh bien figurez-vous que ces hommes je les ai vus à l'œuvre, c'est un travail harassant, l'arbre est sur un chevalet immense, un homme au-dessus de l'arbre à débiter, l'autre au-dessous (qui reçoit la sciure dans les yeux), ces deux hommes manient un longue scie, ils sont formidables et abattent un travail...je n'ai jamais entendu parler de ce métier chez nous en Russie.

---

[19] Prendra le nom de Chavaniac-Lafayette en 1884 (Wikipedia)

- La Fayette (enfin le fils) vous pourriez reprendre contact avec lui ? dit Helmut.

C'est comme cela qu'Helmut fit le voyage de Haute-Loire, alla à Saint Vert (imaginez !) et put, grâce à Georges Washington de La Fayette (qui traduisait – eh oui ! car on parle presque uniquement le « patois » dans ces villages reculés, en fait c'est l'occitan, la langue du sud de la France) proposer un marché – un grand mot ! - à ces forestiers. Le marché, vous avez compris duquel il fut question mais rien ne fut réglé ce jour-là (il faudrait en reparler). Les scieurs de long s'adonnent à cette activité pendant l'hiver surtout, dans leur province d'Auvergne mais aussi dans des régions lointaines de France, les Ardennes par exemple, ils reviennent « au pays » pour les travaux des champs (et aussi faire un enfant à leur femme !). S'expatrier si loin ? Jamais on y avait pensé ! Ce serait une autre affaire ! Il y avait bien cet Antoine (*Toinou*) qui avait des « souvenirs » de Russie, c'est sûr on en reparlerait à Saint Vert...
Encore une fois il fallut rentrer en Russie, ce serait leur futur : faire des aller-retour (à leur âge était-ce bien sérieux ?), ils ne pouvaient se résigner à rester au même endroit, leur

cœur serait toujours partagé entre leurs deux patries qu'ils aimaient autant l'une que l'autre maintenant. Au prochain voyage, on parlerait mariage pour les enfants, pourquoi pas ? Et puis il y avait Kalouga (le château) qu'on ne pouvait laisser toujours sous la seule responsabilité de Maxime Raskolnikov.

Alors qu'Helmut, revenu depuis peu en Russie, essayait « d'imposer ses marques » lors d'un salon de présentation, en ville, des opportunités d'échanges commerciales que l'ambassade de Russie en France avait appuyées, un des participants l'avait apostrophé avec acrimonie en lui faisant remarquer qu'il « n'était pas à sa place » en tant que Prussien des armées de Napoléon. Ce comte Orloff avait fait partie des prétendants d'Anna Ivanova, le ton monta, ils s'approchèrent l'un de l'autre, le comte souffleta Helmut : il faudrait se battre ! Tout fut réglé très vite jusqu'au duel de ce matin.
On n'entendit qu'une seule détonation, les deux coups de feu furent simultanés, un seul tomba : le comte Orloff qui perdit la vie ce matin du quatre septembre 1839, Helmut tremblait maintenant de la tête aux pieds, il n'avait pas senti la douleur qui commençait de

l'envahir, sa redingote au niveau de l'épaule gauche était déchirée.

Cette émotion qui vous envahit lorsque vous enlevez la vie de quelqu'un, il ne l'avait jamais ressentie même pendant sa guerre napoléonienne pendant laquelle il avait vu des dizaines d'hommes tomber car à ce moment-là on ne savait pas précisément qui avait tué. En même temps il ressentit le soulagement intense d'être encore en vie et d'avoir conservé à Anna son bonheur de vivre. Les témoins du comte vinrent enlever son corps, Helmut ne put s'empêcher d'avoir une pensée pour cet homme qui l'avait provoqué. L'émotion l'envahit encore lorsqu'il aperçut Anna qui accourait vers lui, il faillit se trouver mal comme Anna quand elle comprit ce qui venait de se passer. On soigna l'épaule d'Helmut (c'était très superficiel) ensuite ils tombèrent dans les bras l'un de l'autre et Helmut lui expliqua pourquoi il avait dû se battre et contre qui, cela ébranla Anna quand elle apprit qui était l'adversaire malheureux. Helmut fut très déprimé dans les jours qui suivirent et il souffrit longtemps sur le plan psychologique des suites de ce duel.

Quand un certain temps fut passé après l'épisode dramatique du quatre septembre, Helmut entreprit de relancer ses activités d'attaché, la construction, l'agriculture, la technologie, on a vu l'industrie du bois, tous ces secteurs étaient « porteurs » comme on dira plus tard. Cette fois il sembla que le ciel voulût aider Helmut Krauss dans ses recherches d'occasions favorables de rapprochement entre les deux pays. Il put mettre en relation des entrepreneurs russes et français de différents secteurs, on commençait à accepter le fait qu'il pouvait faire beaucoup pour son pays car la Russie était son pays n'en déplaise à certains esprits passéistes.

C'est ainsi qu'il présenta une nouvelle fois un projet auquel il croyait beaucoup (ainsi que l'ambassadeur) et qui pourrait avoir un développement considérable ici en Russie : la turbine hydraulique du Français Benoît Fourneyron[20]. Des Français avaient mis en service ce type de machine à axe vertical mue par la force d'une chute d'eau et recherchaient des entrepreneurs russes susceptibles de promouvoir cette invention. Il y eut un écho favorable et Helmut transmit les résultats de ses démarches à Alexeï Dobrotkine.

Pendant l'hiver 1839 -1840 Helmut reçut une lettre de l'ambassadeur qui avait fait le nécessaire auprès des Français fabricants de

---

[20] Histoire des turbines

la turbine, il relatait l'avancement de « notre affaire de scieurs de long ». Georges Washington de La Fayette avait dépêché en Auvergne, à Saint Vert une de ses connaissances. Ce monsieur, un Auvergnat, avait rencontré plusieurs scieurs de long et leur avait présenté l'éventualité d'une expatriation – provisoire – en Russie. Il semblerait, ajoutait-il que deux ou trois pourraient être intéressés. Il ajoutait qu'un des volontaires présumés, un certain Antoine Totel (Toinou pour tous, là-bas) avait « fait » la Campagne de Russie et que l'hiver russe ne lui ferait pas peur...

Épilogue

Le mariage de Sandra et de Nicolaï se déroula au château de Kalouga en septembre 1841 après que les parents des deux jeunes futurs époux en eussent établi les modalités au mois d'avril précédent à Sceaux.

Anna et Helmut se sentaient « comme chez eux » à Sceaux. Ils effectuaient de magnifiques promenades dans l'immense parc, Anna s'était prise d'affection pour les nombreux écureuils qui pullulaient dans le bois qui se trouve de l'autre côté du bassin de l'Octogone, ils venaient manger dans ses mains !

Le château principal (celui de la duchesse du Maine) nécessitait une remise en état, il avait été mis en vente comme « bien national » sous la Révolution, son propriétaire en fit un mauvais usage. Ce château sera démoli vers 1850 et le château actuel fut reconstruit au même emplacement. Le Petit Château, lui, avait toujours été bien entretenu, ce fut (en quelque sorte) la résidence secondaire d'Anna

Ivanova et d'Helmut ; de nos jours c'est toujours lui qu'on peut admirer.

Anna et Helmut vécurent encore longtemps et en bonne santé, les enfants résidaient le plus souvent à Kalouga (ils furent parents à leur tour d'une fille et d'un garçon), Nicolas secondait efficacement Raskolnikov comme intendant. Les voyages entre Sceaux et Kalouga continuèrent jusqu'aux années 1850 et le début du règne de Napoléon III puis leur rythme diminua ensuite. Elena et Paul Corbet ne se privèrent pas de séjourner en Russie (elle avait appris à lire et à écrire le russe).

Anna Ivanova passa l'essentiel de son existence à faire le bien autour d'elle, on retiendra que sa grande fierté avait été de participer à l'abolition du servage en Russie, ce sera chose faite définitivement dans les années 1860.

AL

Sceaux, Hauts-de-Seine (2012)
Saint Didier sur Doulon
Haute-Loire (2013)

Le président Barack Obama a été « retenu »

La Fayette

En 2012 d'importants élus du Conseil Général de la Haute-Loire émirent l'idée d'une réception du président américain en exercice au château de Chavaniac-Lafayette, lieu de naissance du héros de l'indépendance américaine dans ce département auvergnat.

Cette visite –à titre privé- aurait lieu lors de la prochaine visite officielle du président Barack Obama en France. Bien sûr, il faudrait élaborer toute une procédure aux niveaux des ambassades respectives, ce serait l'affaire des responsables des affaires étrangères des deux pays.

Les vétérans

Mon nom ne vous « dirait » strictement rien aussi vous pouvez m'appeler Pierre-Alain tout simplement.
Etant sensible aux affaires de défense, aux anciens combattants et à leurs intérêts, il m'arrivait quelquefois d'échanger des informations avec un Américain, James T. (Jimmy ou Jim pour les intimes) à qui nous avions, mon épouse et moi, rendu visite aux Etats-Unis en 1975, justement un an avant le bicentenaire des USA.
(C'est plus précisément pour revoir son épouse – française - que ma femme avait connue dans son adolescence, que nous avions fait le voyage dans le Maryland).

Ce monsieur, qui est devenu depuis un ami, avait quitté le Nord Vietnam deux ans

146

auparavant, il faisait partie des équipages d'hélicoptères américains engagés dans cette partie du monde. Rappelez-vous « Apocalypse now » (pas très joli à voir, encore moins à vivre quel que soit le bord des antagonistes…)

C'était toujours ce rêve atroce qui hantait ses nuits : des huttes en flamme, un hélico qui vivait ses dernières secondes de vol, une femme qui implorait quelques mètres en dessous, elle et ses enfants fauchés par la mitrailleuse…

Quand j'appris le souhait des Altiligériens[21] de recevoir le président, j'en informai (sans arrière-pensée) Jimmy T. par mail pour lui parler un peu de notre « pays de Lafayette» : la partie de la Haute-Loire où nous habitons. Nous échangeâmes plusieurs courriers électroniques à ce sujet, Jimmy en vint un jour à exprimer un grief au sujet du peu de considérations que le gouvernement avait pour les « vétérans».

Le temps passa, je n'y pensai plus, un jour d'août 2013 la nouvelle de la visite en France du président Obama (sur fond de guerre en Syrie) fut annoncée.

---

[21] Habitants de Haute-Loire

Etait-ce Bachar al Assad ou les rebelles, les responsables de l'utilisation des gaz mortels ? On opta pour Bachar...

Vous avez, bien sûr, entendu parler des « grandes oreilles » américaines, il semble que des oreilles soient plus à l'affût des conversations téléphoniques que des mails (cela va de soi !). Car des mails nous nous en envoyâmes en nombre et ni la CIA ni le FBI ne s'intéressèrent à nous (apparemment).
Jimmy prévoyait de venir en France à la même date que le président de son pays, quelques jours plus tôt pour prendre un peu de recul (*dans quelle galère m'embarquais-je ?*).
Il va sans dire que nous n'avions ni l'un ni l'autre de réelles mauvaises intentions, tant pis pour nous si l'affaire tournait mal, nous n'étions pas du genre « massacreur » nous serions pris c'est tout et nous ferions face à nos responsabilités.
J'appris par « l'Eveil du 43 » que le président viendrait seul chez nous en Haute-Loire, cela nous arrangeait...Son épouse et la compagne de notre président feraient les magasins du boulevard Haussmann à Paris et rendraient visite à des enfants nécessiteux.

Il prendrait la ligne régulière Hexair entre Orly, où resterait stationné « Air Force One » et le Puy-Loudes, l'aéroport d'ici.

Pour le retour, ce serait la même compagnie qui serait utilisée mais en vol à la demande car le président rentrerait en début d'après-midi à Orly, à une heure qui ne correspondait pas à l'horaire de retour « normal », beaucoup plus tardif.

Il serait accompagné de deux gardes du corps seulement : un militaire américain et un homologue français ainsi que d'un membre de l'ambassade des Etats-Unis, c'était peu mais c'était son souhait.

Nous aurions besoin d'un hélicoptère « Ecureuil » (quatre places).

Je vins à passer à l'aéroclub de Brioude où j'avais déjà fait quelques visites afin de parler de mes chers avions même si je n'avais plus pratiqué le pilotage depuis une éternité, bref je n'étais pas tout à fait inconnu en ce lieu mais il ne fallait pas qu'on se rappelle trop de moi !

On en vint à parler d'hélico, il y a un certain temps déjà j'avais vu celui qui était parqué dans un hangar de l'aéroclub et qui appartenait à une société qui – parmi d'autres missions – surveillait les lignes EDF de la région. En bavardant davantage, j'en vins à parler de mon ami américain qui viendrait bientôt dans la région et serait « tellement content de voler sur ce type d'appareil qu'il ne connaissait pas, ça lui permettrait peut-être de se familiariser un peu avec cette machine » et lui rappellerait sa jeunesse et ses vols de guerre sur un autre type d'hélico : le Bell Huey (UH-1 Iroquois).

Le vif du sujet

La venue de président américain devait avoir lieu le quatre septembre.
Jimmy arriva à Brioude le premier septembre, il logerait à l'hôtel, il ne résiderait pas chez moi pour ne pas attirer l'attention dans mon village (du nom de l'astre du jour), cette « opération » devant, vous vous en doutez, rester la plus discrète possible.

Le lendemain, nous nous rendîmes à l'aéroclub, je présentai Jimmy, il n'y avait pas de problème de langue : Jimmy parlait bien le français puisque marié à une Française.

Un responsable du club contacta le pilote de l'Ecureuil qui se fit une joie de venir présenter son joujou à un ancien de l'US Army. Ils firent un vol de quelques dizaines de minutes dans les environs de Brioude : Issoire, retour par St Germain-l'Herm et Champagnac-le-Vieux, le

moniteur était content de son élève qui avait
« de bons restes » Il fut décidé qu'ils referaient
un vol le lendemain et que Jimmy pourrait être
« lâché »[22].

Ce qui fut rondement mené le lendemain !

Le pilote en titre de l'hélico n'étant pas
instructeur ne se crut pas habilité à demander
son brevet et sa licence à Jimmy.

Cela tombait bien : il n'y avait pas beaucoup de
« missions » programmées en ce moment, ce
qui fait que l'Ecureuil A350 était disponible.

Pour ma part, j'avais fait partie des équipages
d'hélicoptères de l'armée de l'air en tant que
mitrailleur appelé en Algérie, à bord de
l'hélicoptère Sikorsky H34, il y avait donc fort
longtemps. Aussi je me faisais une joie de
revoler sur hélico (joie teintée d'appréhension,
vous pouvez le comprendre étant donné le
type d' « engagement » qui devenait de plus
en plus précis)...

Comme je l'ai dit plus haut, les « vétérans »
des guerres américaines s'estimaient lésés :
peu de considération, pas bien soignés des
séquelles physiques et psychologiques,
pensions dérisoires, ils ressentaient un
abandon de la part du pouvoir (selon eux

___

[22] Le rêve de tout pilote : faire le vol seul à bord.

encore accentué depuis l'arrivée des démocrates bien qu'il y avait actuellement une « cohabitation » comme nous en avions connue une en France il n'y a pas si longtemps).
Toujours selon eux, la venue de Barack Obama n'avait rien arrangé !

Pour en revenir à l'affaire, le quatre septembre au matin, nous nous présentâmes tous deux au terrain de Brioude vers 8 heures 45, le temps de sortir l'appareil, de faire le plein éventuellement, de faire la visite pré-vol, nous pourrions décoller à 9 heures 30 au plus tard.
La confiance était totale envers Jimmy !
Donc l'arrivée du vol régulier d'Hexair est : 9 heures 30 au Puy-Loudes, le temps de sortir de l'avion, de recevoir les honneurs, il serait 10 heures 10 environ quand la voiture « présidentielle » (pour la circonstance celle du président du conseil général) précédée de deux motards de la gendarmerie, quitterait l'aéroport pour le château de Chavaniac-Lafayette distant de trente-cinq kilomètres environ, l'arrivée aurait donc lieu vers 10 heures quarante. Or, il faudrait que nous ayons atterri sur l'esplanade avant cette arrivée. Nous devions jouer le tout pour le tout, cet hélicoptère qui arrive de nulle part et qu'on

n'attend pas ne semblerait-il pas « décalé »
dans le paysage ? Peut-être mais après tout
c'était « jouable » (je vous accorde qu'il fallait
être « gonflé » ou inconscient).
Nous avions une opération importante à
effectuer : maquiller l'immatriculation de
l'Ecureuil, avec du scotch noir (type ruban
adhésif d'électricien) cela ne devrait pas poser
de problème majeur. Il fallut atterrir dans une
clairière près du ruisseau Doulon au lieu-dit
*Baf..x (c*ensuré !) Le lieu est souvent inhabité,
un hélico fait un certain bruit audible d'assez
loin mais c'est un endroit vraiment perdu, nous
risquions seulement de tomber sur une
bergère menant ses moutons, heureusement,
personne en vue, l'immatriculation est : F-
BEOT, elle est devenue F-BEQT, bon ce n'est
pas du travail de « pro » mais qui ira regarder
de très près ? Temps : moins de cinq minutes.
Nous décollons aussitôt en faisant attention
aux arbres si vite arrivés ! Direction Chavaniac-
Lafayette, nous laissons le château de
Servières sur son piton à notre droite. Puis
c'est Saint Didier sur Doulon, Vals le Chastel,
Paulhaguet et nous apercevons le château de
naissance du marquis de Lafayette surmonté
de la bannière étoilée sur notre gauche, c'est
là que l'affaire se corse : dans une minute nous
serons au sol. Le Ciel est avec nous, au

moment de l'approche finale, la voiture officielle apparaît, personne ne s'occupe de l'hélico dont la turbine s'arrête lorsqu'on ouvre la porte arrière droite du véhicule mais le président, contre tout protocole était en place passager avant ! A l'arrière l'attaché d'ambassade américain qui servirait aussi d'interprète.

Presque comme n'importe quel touriste, le président, accompagné des membres du conseil général, des maires du Puy-en-Velay et de Chavaniac-Lafayette visita le lieu de naissance du premier américain de France (Héros des Deux Mondes) puis ce fut le moment des discours, d'abord celui du président du conseil général de Haute-Loire enfin celui de Barack Obama qui se dit honoré d'être ici comme chez lui en terre de France et d'Amérique et il insista sur l'amitié entre les deux pays (la France plus ancien ami des Etats-Unis). Ensuite on fit une rapide promenade dans le parc, l'Ecureuil était bien visible...

Puis il fut l'heure de passer à table au restaurant Lafayette (pas pour tout le monde, les capitaines américain et français furent oubliés !) On porta des toasts à l'amitié indéfectible entre les deux peuples puis les choses sérieuses commencèrent, je ne détaillerai pas le menu car je ne fus pas présent. Il est bien connu que le président US n'est pas spécialement gastronome, il s'accommode néanmoins de toute situation mais un hamburger et un Coca chez McDo lui conviennent aussi bien !

Comme vous le savez certainement, il ne se sépare jamais de son Smartphone (ou Iphone, je ne sais pas exactement), il fut appelé plusieurs fois au cours du repas, Michelle peut-être ?

Quant à nous les hélicoptéristes, nous avions été bien contents de trouver nos sandwiches préparés par mon épouse avec une bouteille d'eau et une de rosé mises au frais dans une glacière portative, nous avons mangé sur l'herbe dans un décor enchanteur comme n'en avaient pas « nos officiels » ! La « météo » nous avait gâtés, comme souvent dans l'arrière-saison. Les militaires gardes du corps nous regardaient avec envie, eux qui avaient été oubliés et qui n'avaient rien à se mettre sous la dent (!) Jim leur proposa même de partager, ce n'était pas une mauvaise idée comme entrée en matière, ils acceptèrent après s'être un peu fait « prier » pour la forme. Toujours pas de problème de langue, Jim commença à raconter sa campagne militaire … (pourtant une chose l'inquiétait beaucoup, vous savez bien laquelle : le temps passait, comment amener Barack Obama parmi nous ?)

C'était notre jour de chance : vers 13 h 15, le président du conseil général vient vers nous, il ne nous pose aucune question sauf celle-ci : « Vous serait-il possible (en s'adressant plutôt à Jimmy) de conduire rapidement le président à l'aéroport du Puy car il doit rentrer rapidement à Paris pour s'entretenir de la situation avec le président Hollande ? »

- Bien sûr.
- Combien pourriez-vous prendre de passagers ?
- Jim (un peu pris au dépourvu) : deux.
- Bon, je vous les amène, merci.

Encore plus dans le vif !

Nous avions, cela va de soi, inscrit toutes les coordonnées GPS des points où nous serions susceptibles de nous rendre, j'indiquai à Jimmy les prochaines : 45° 16' 25" N et 3° 40' 10" E, il s'empressa de les « entrer » dans le système de navigation, ça correspond à un endroit en pleine nature, en lisière de la forêt de Lamandie, à la limite de Cistrières et St Didier sur Doulon, à plus de 1000 m d'altitude, tout près d'un enclos à daims. Chose importante : nos cellulaires devaient être muets. Evidemment nos deux passagers ne pouvaient deviner à quel endroit nous avions choisi de les conduire. Le président arriva, décontracté comme toujours avec à ses côtés l'attaché d'ambassade US. Nous présentâmes nos respects au président qui nous salua fort gentiment. Je fis asseoir le président Obama à l'arrière ainsi que l'attaché américain.

Je montais à la place passager avant, à gauche. Une minute plus tard nous étions en l'air. Nous faisions confiance au système de navigation, par sécurité je vérifiais qu'on ne s'éloignait pas de notre route, je connaissais assez bien la région. Environ huit minutes suffirent pour effectuer l'approche, je reconnus le parc aux daims et le petit plan d'eau, l'attaché d'ambassade demanda où nous étions, si nous avions un problème d'appareil (***nous arrivions au point le plus critique de l'épisode !***).

A cet endroit, les portables ne « passent » pas. Une fois posés, il fallut bien dire la vérité : en préambule ils ne risquaient rien en notre compagnie, Jimmy exposa les raisons de ce petit « détournement » (je ne savais pas où me mettre) :

- *Mr. President, as an American citizen I would like to introduce the complaints of veterans of the war in Vietnam...* (la suite en français, maintenant)

(Le premier étonnement de se voir apostrophé dans sa langue passé, Barack Obama prêta une attention encore plus soutenue aux propos de Jimmy.)

159

- Monsieur le président, en tant que citoyen américain je tiens à vous présenter les récriminations des vétérans de la guerre du Vietnam si mal considérés par la classe politique américaine et la population, nous qui n'avons pas hésité à braver la mort pour notre pays nous méritons davantage et au moment où vous vous apprêtez à envoyer nos soldats en Syrie (même si vous n'envisagez pas d'envoyer de troupes au sol), des citoyens américains, une fois de plus vont voir leur vie menacée.
- Monsieur, je peux comprendre votre détermination à vouloir améliorer la vie de nos vétérans et je salue votre courage d'avoir pris tous ces risques pour vous adresser au président mais d'un autre côté je vous désapprouve formellement et je vous demande de cesser immédiatement cette « retenue » (le mot est faible) et de me conduire rapidement à l'aéroport comme vous vous y êtes engagé, sinon je serais obligé de déclencher

160

une procédure d'urgence qui vous serait très préjudiciable.

- Monsieur le président pouvez-vous me promettre de déposer notre requête à la prochaine session du Congrès ?

- Je ne garantis pas que j'aurai toute latitude pour le faire mais je ne vous oublierai pas de toute façon et quelque chose sera fait dans ce sens, j'en parlerai à Jack[23]. Conduisez-moi ainsi que notre attaché d'ambassade où l'on nous attend.

(Une chose est sûre : Barack Obama n'oubliera pas !)
Nous enfilâmes chacun une cagoule comme des bandits de haut vol (sans jeu de mot), vous verrez pourquoi tout à l'heure. L'on redécolla, nous n'étions pas restés plus de cinq minutes près de la forêt, maintenant direction l'aéroport du Puy.

- Monsieur le président, nous espérons toute votre mansuétude, quelquefois il faut utiliser des méthodes pour le moins peu « protocolaires » pour faire

---

[23] John Kerry, proche d'Obama, vétéran du Viêt-Nam

161

aboutir nos revendications, comme disent les Français.

A l'aérogare, on commençait à trouver le temps long, le président du conseil général avait dit un quart d'heure environ, les journalistes regardaient leur montre. Aurait-il eu un accident ?

Il fallut encore près de vingt minutes depuis la forêt avant d'être en approche de l'aéroport, l'atterrissage eut lieu dans la zone d'activités sportives de l'aérodrome, à trois ou quatre minutes à pied de l'aérogare proprement dite. Le rotor à peine arrêté, nous saluâmes le président qui esquissa un sourire, je descendis pour ouvrir les portes, indiquai la direction à prendre, remontai à bord en place avant, la turbine n'était pas arrêtée, on redémarra en moins de quarante secondes. La cagoule ne nous a pas servi, on a eu affaire à des gens bien élevés, aucun de nos deux invités ne prit de photos avant ou après la séparation avec son cellulaire, à moins que nos cagoules les aient dissuadés, dans ce cas on ne le saura jamais.

Maintenant l'appréhension !

Direction le nord de la Haute-Loire, il fallait que nous nous posions encore une fois dans un lieu désert pour corriger la petite « faute de frappe » sur l'immatriculation.

Un quart d'heure et on se posa dans une clairière récente (après abattage d'arbres) dans la forêt, près de Ceilhac, commune de St Didier pour enlever la petite queue à la lettre O. Puis ce fut le dernier décollage pour Chaniat, Lamothe et enfin Brioude-Beaumont où nous rendrions l'appareil. Je pris la décision (judicieuse ?) de remettre mon portable en service avant la fin du vol et appelait mon épouse pour lui demander de venir nous chercher à l'aéroclub avec l'Espace Renault le plus vite possible.

Ne pas oublier d'effacer les données GPS enregistrées, c'est chose faite. Donner un faux nom si on le demande, en fait tout prévoir, est-ce possible ?

Nous avions un peu oublié l'heure, il était 14 heures 45, on ne nous demanda rien sur notre vol, (nos interlocuteurs toujours aussi enthousiastes), Jimmy dit qu'il arrivait à la fin de son séjour, bien sûr il fallut honorer les frais de vol (autour de deux mille quatre cents euros (!) que Jimmy régla « rubis sur ongle » en espèces ; au moment de remplir la facture, c'est à quel nom ? Heureusement, nous étions prêts...

Je vis notre voiture qui arrivait, nous prîmes congé.

Arrivés au S. (l'astre du jour comme nom du lieu-dit), nous prîmes une douche, je rasai ma barbe, Jim sa moustache (il essaierait de ne pas porter ses lunettes).

Après les embrassades de circonstance entre Jimmy et ma femme, qui n'avaient pas eu le temps de se voir beaucoup, nous partîmes (avec la Clio cette fois) vers Lyon Saint-Exupéry que nous atteignîmes en deux heures quinze.

164

Nous eûmes une petite frayeur : après la Chaise-Dieu, au moment de prendre la direction de St Etienne, deux voitures de gendarmerie étaient stationnées sur le bas-côté. Ce fut tout, nous ne vîmes plus de forces de l'ordre jusqu'à l'aéroport (elles étaient peut-être bien cachées).

Jimmy devait décoller à 19 h10 pour Baltimore Washington[24] (vol très long sur Lufthansa par Francfort) mais pas trop cher, il avait tellement dépensé pour l'hélico !

Nous avons décidé de ne plus parler des vétérans dans nos futurs mails.

J'attendis son départ, enfin son passage en douane et police, apparemment il ne fut pas inquiété, ouf ! On se fit un signe de loin, nous reverrions-nous ?

Je rentrai ensuite à la maison, la nuit suivante, je ne dormis pas très bien.

Quelques jours plus tard, nous quittâmes notre résidence secondaire pour quelque temps et rentrâmes en région parisienne.

Nous recherchait-on ?

Quand nous revînmes au S. je trouvai dans la boite aux lettres une avis de la gendarmerie de

---

[24] Ironie du sort : la même destination que le président des USA !

165

La Chaise-Dieu m'enjoignant de me présenter
pour « affaire me concernant », quelle nuit !
En fait, ça n'avait pas de lien : juste un
problème de voisinage comme il s'en présente
souvent à la campagne.

Les suites médiatiques et autres

Vous devez évidemment vous poser des questions sur ce qui se passa –dans les médias et en coulisses - après le retour de Chavaniac-Lafayette - et vous avez raison…

Bien sûr cela fit « désordre » de voir arriver seuls à l'aérogare le président américain et l'attaché d'ambassade à pied, leur hélicoptère s'étant posé à trois cents mètres au moins…

Les journalistes (BFM, ITV et la presse locale) ne se privèrent pas d'épiloguer sur l'incroyable légèreté de l'organisation avant de découvrir « l'énorme affaire » : le président avait été ni plus ni moins pris en otage.

N'y tenant plus une journaliste de la presse audio-visuelle, dans un assez bon anglais s'était adressée directement au président :

-   Monsieur le président nous ne savons ce que vous allez penser de notre pays après que nous vous ayons perdu de vue pendant plus d'un quart d'heure mais pouvez-vous nous dire ce qu'il vous est arrivé ?

- Tout d'abord je suis vivant et l'attaché de notre ambassade, comme moi, se porte bien ! (sourire). C'est une affaire interne à notre pays, si je puis dire, qui a fait que je me suis absenté quelques instants et surtout je ne voudrais pas que les autorités gouvernementales de la France puissent se sentir si peu que ce soit concernées et responsables.

- Monsieur le président, pouvez-vous nous en dire un peu plus ? renchérit quelqu'un de la presse écrite mais il n'obtint pas de réponse.

Entre temps les officiels, les motards, les gardes du corps, les journalistes qui se trouvaient à Chavaniac-Lafayette avaient rejoint l'aérogare.

Barack Obama fut assuré que les coupables seraient châtiés, le président américain insista sur le fait que c'était une affaire américaine qui se règlerait sur le sol des USA, il ajouta qu'il demanderait que tout ceci soit « étouffé » aux niveaux américain et français, de toute façon l'enjeu n'était pas capital. Il fit encore

168

remarquer que le président français et lui-même avaient en tête des sujets bien plus importants (pensez à ce qu'il se passe en Syrie !)

L'avion fut rapidement mis à la disposition du président et de tous ses accompagnateurs par la compagnie régionale et l'envol vers Orly eut lieu dans les trente minutes.

Quelles furent les réactions du président français ? Eh bien, nous l'ignorons !

Les commentaires ne manquèrent pas en Haute-Loire, la droite et la gauche s'invectivèrent copieusement.
BFM après quelques « manchettes » n'insista pas, quelques heures plus tard on n'en parlait plus, quant aux journaux du soir sur les grandes chaînes, ils restèrent muets sur l'affaire, on ne fit que quelques commentaires sur la visite privée d'Obama en Haute-Loire.
Les forces de l'ordre auvergnates s'activèrent encore quelques jours, la gendarmerie de Brioude enquêta à l'aéroclub, c'était inévitable ; ce qui dérangeait le plus les autorités était le manque d'informations (Obama lui-même n'avait rien « lâché » et l'attaché avait été certainement incité à ne rien dire non plus) on

en restait aux supputations, même les plus invraisemblables, un journal de Brioude reparla du « terroriste de Brioude » un certain A. qui avait défrayé la chronique il y a encore peu de temps.
On abandonna les contrôles routiers, les investigations cessèrent rapidement, l'affaire fut oubliée. Je n'avais rien contre !

Aux Etats-Unis, pour autant que je sache, aucune enquête n'a été effectuée (le FBI ne dira rien si on lui pose la question).
Quelque temps après, je lus un article sur « le Monde » qui faisait état de considérables avancées dans la façon dont les vétérans (surtout ceux du Vietnam, qui avaient particulièrement souffert) étaient perçus...
Jimmy devait se dire que son intervention n'avait pas été tout à fait inutile.

La politique suit son cours

Après le G20 et l'abandon des frappes programmées de la part d'Obama sur la Syrie, le fait que François Hollande va-t-en-guerre ait été lâché, pourrait-on dire par l'Amérique (mais est-ce vraiment le cas ?) c'est une nouvelle politique qui se met en place, les Etats-Unis voient leur prépondérance, en tout cas pour le moment, remise en cause.

Les Russes n'hésitent pas à faire preuve de mauvaise foi en ayant l'air d'hésiter sur la responsabilité d'Al Assad quant à l'utilisation du gaz sarin et « roulent dans la farine » Kerry à Genève en faisant semblant d'accepter le délai d'une semaine donné à Bachar Al Assad pour fournir la liste des implantations d'armes chimiques et n'hésitent pas à démentir quelques jours plus tard. Pour ce qui est du

recours à la force, il n'est plus question que Poutine accepte !
Bref, les Russes essaient de reconstituer leur influence passée face aux Etats-Unis.

Epilogue

Bien sûr, ne rêvons pas, je ne pense pas qu'il faille voir une quelconque influence de notre part dans la décision finale de Barack Obama de ne pas prendre part aux hostilités envers la Syrie. Rappelez-vous seulement que Jimmy avait fait référence à des combattants (ses propres termes du quatre septembre : « *au moment où vous vous apprêtez à envoyer nos soldats en Syrie (même si vous n'envisagez pas d'envoyer de troupes au sol »*). Sait-on jamais, ces paroles n'avaient-elles pas pesé dans la balance ?

A. L. St Didier-sur-Doulon septembre 2013

**Les derniers trains au départ,
ou le plus gros astéroïde jamais connu va
frapper la Terre**

Roman

175

Les *derniers* trains au départ

La SNCF communique la liste des derniers trains :

Départ Paris Montparnasse : IDTGV Bordeaux 18H28

Départ de Paris Gare de Lyon :

```
TGV        6627      17H53  LYON-PCHE
TGV LYRIA  9277      17H57  LAUSANNE
TER  891021          18H00  LAROCHE-M
IDTGV      2921      18H07  PERPIGNAN
```

Cette date du 5 octobre 2013 sera-t-elle retenue ?
Par simple esprit de routine et aussi pour ne pas ajouter à la panique, la SNCF affiche les horaires des trains au départ et à l'arrivée partout en France, *presque* comme si RIEN n'était ! Néanmoins on ne fera pas partir les trains dont l'heure d'arrivée serait postérieure à **23h 35** (notez bien cette heure : c'est celle de LA catastrophe « *présumée* »), pas plus que les avions et autres moyens de transport. Qu'en sera-t-il du métro, du RER, des bus, des taxis ?

Comment pourrait-on retenir cette date puisque l'humanité *va périr aujourd'hui*. Vous voulez dire que la fin du monde c'est pour maintenant ? Donc ce livre ne verra **jamais** le jour ? A quoi bon vous fatiguer !

L'avion d'Air France en provenance de Paris a failli rater son atterrissage à Singapour (il y a une heure). Un avion russe, contre toutes les règles, lui a grillé la priorité, pourrait-on dire, en s'intercalant entre lui et le précédent en approche...

Dans le monde entier la folle nouvelle s'est répandue comme une traînée de poudre. Néanmoins plus de la moitié de la population du globe n'en sait rien, une autre partie préfère ne pas savoir, les politiques n'ont encore rien dit dans notre pays. Aux USA non plus.

Je me suis toujours senti le meilleur !

Né le jour de Saint Parfait (je le fais souvent
remarquer), je me suis toujours senti au-
dessus de la mêlée.
Le dernier de la famille, mon frère et ma sœur
ont, dès ma naissance, senti qu'en tant que
« petit dernier » je serais le chouchou de ma
maman, ce qui ne manqua pas de se produire !
J'en abusai souvent, j'en fis ce que je voulais
de ma mère, elle était toujours consentante, il
est vrai que lorsque j'étais un petit enfant
j'étais gentil avec elle, je peux dire que je
l'aimais, c'était réciproque, nous étions
« fusionnels » comme on dit maintenant.

Puis au fil du temps, après l'adolescence, nos
sentiments respectifs évoluèrent, ma mère

n'appréciant plus systématiquement mes
« débordements » et moi son intransigeance
sur le plan moral. Nous cessâmes toute
fréquentation (eh oui !) Je refusai tous ses
appels téléphoniques.
Maintenant **je suis mal.**

Je n'ai plus que quelques heures pour revoir
ma chère maman...
Elle habite la région parisienne (banlieue sud
de Paris), moi Bordeaux, je ne pouvais quitter
ma compagne et mes enfants aussi je la
suppliai de prendre le TGV de 18H28 qui arrive
à Bordeaux vers 21H30. Nous n'aurions pas
deux heures à passer ensemble. Le
déchirement !

- C'est un canular, ne croyez pas à ces
  bêtises ! lui dit le chauffeur de taxi qui
  conduisit ma mère vers Montparnasse
  (elle me rapporta ces paroles depuis
  son smartphone)
- Vous avez tort de ne pas y croire
  ajouta-t-elle.

Les chaînes « en boucle » BFM et autres ne
parlent que de cela depuis ce matin.
Sur le plan officiel : rien.

Les observatoires ont-ils reçu l'ordre (ou le conseil) de ne rien dire ? Et ceci au plan mondial ?

Cela ne s'est - semble-t-il – jamais produit à une telle échelle sur Terre.
La terrible nouvelle commence à avoir des effets dévastateurs sur les populations, on ne compte plus depuis ce matin les gestes désespérés de par le monde. **Le plus gigantesque des astéroïdes connus s'apprête à pulvériser notre planète dans les prochaines heures. On parle de plus de dix kilomètres sur quatre, sur deux, il s'approche à plus de dix kilomètres par seconde.**
Dans l'état actuel de nos connaissances et de nos possibilités, il est absolument impossible de faire varier d'un iota la trajectoire de ce corps céleste !
Le président des Etats-Unis doit (enfin) s'exprimer d'un moment à l'autre.

BFM lance une alerte info (sous-titre permanent) : « *l'image qui apparaît par intermittence sur votre écran (quelque soit le programme que vous regardez) qui montre une longue série de soucoupes volantes presque bord à bord ne fait pas partie du programme que vous regardez, cette image n'apparaît que sur les téléviseurs reliés à une parabole. »* Effectivement, les téléviseurs fonctionnant sur le réseau Internet et la TNT ne sont pas concernés…

Voici comment on peut expliquer cela : les téléviseurs qui reçoivent les programmes depuis le satellite Astra (géostationnaire comme tous les satellites retransmettant les programmes de TV) situé à 36000 Km de la Terre affichent « malgré eux » cette image.

Dans le TGV vers Bordeaux, il y a ceux qui pensent à un énorme canular, les autres se divisent en :

- C'est la fin de l'humanité donc la fin du monde annoncée.
- Peut-être que nous serons beaucoup à en « réchapper », la Terre en a vu d'autres !

Les comportements « humains » que l'on rencontre dans ces circonstances tels que toilettes du train toujours occupées (allez savoir pourquoi !)

Des discussions sans fin, portable collé à l'oreille pour un grand nombre, les yeux rouges, mais curieusement pas de scènes de paniques…

A Bordeaux St Jean, j'ai quelques difficultés à la reconnaître, elle a vieilli ma chère mère, nous tombons dans les bras l'un de l'autre et nous serrons très fort. Je la conduis chez moi, elle n'est jamais venue ici.

Puis Obama vint à parler, il nous exhorte à la prière, quelle que soit notre religion, évidemment ça ne peut pas faire de tort.
Il s'étend sur l'espoir que ce monstre venu du fond de l'univers ne fera que frôler notre planète (entre temps les astronomes se sont exprimés et ne sont pas optimistes). Le président français a préféré se taire.

Pour les « soucoupes », là je pense à un canular, maman est sceptique, ma compagne vient de nous rejoindre (elle sort de l'avion, elle travaille dans une « grande compagnie », comme moi, en tant qu'hôtesse de l'air), elle, y « croit ».
Ce soir, depuis une éternité, nous sommes réunis, maman, ma compagne Sylvie, mes filles Carla et Emilie (9 et 7 ans et demi).

- Tu te souviens quand tu me disais de ne pas sortir de voiture quand j'allais te chercher à la sortie du lycée à St Germain ?

184

- Oui, à cette époque je n'étais pas bien grand et comme je n'arrêtais pas de dire à mes camarades que mes parents étaient grands... (mon complexe d'infériorité s'est transformé en complexe de supériorité depuis).

Maintenant pratiquement toutes les chaînes de TV montrent le même bandeau sous l'image de leur programme « *l'image qui apparaît par intermittence sur votre écran (quelque soit le programme que vous regardez) qui montre une longue série de soucoupes volantes,* etc.
Ici nous avons la TV Internet, on ne voit pas cette image en direct mais on la montre en image fixe, j'ai peine à croire à cette rumeur qui enfle mais après tout, pourquoi ne pas s'accrocher à l'invraisemblable quand il ne reste plus que cela...

Un de mes amis m'appelle et me dit : « que penses-tu de ce qui nous arrive ? D'abord cette énorme masse qui fonce vers nous, maintenant nous pouvons voir à la TV ces engins d'un autre monde (il a la télé par satellite), je ne crois plus à un canular, par intermittence j'aperçois des sortes de rayons verts braqués vers la même direction. Ces machines nous envoient peut-être un message

185

par l'intermédiaire d'Astra, pas de son mais des sortes de caractères (comme des hiéroglyphes) apparaissent à l'écran, ils semblent danser, des signes un peu comme des chiffres, à certains endroits, ahurissant ! Tu rates. »

(Ces engins sont-ils vraiment d'ailleurs ? Peu importe, à l'heure qu'il est. La rumeur dit qu' « ils» sont en train d'essayer de dévier la trajectoire de l'astéroïde « géocroiseur »[25] !

Donc, il n'y a plus de canular, le premier possible : l'astéroïde, le second : les OVNI, maintenant les sceptiques commencent à « croire » à cette possibilité d'une aide des E.T., quant aux convaincus ils n'ont plus de doutes).
Les petites posent sans cesse des questions :
- Maman qu'est-ce qui se passe ?
- Les enfants, si je le savais vraiment ! Il y a une grande menace pour notre Terre et pour nous bien sûr.
- Tu crois qu'on peut mourir ? Pourquoi « ils » n'en ont pas parlé avant ?

---

[25] Qui croise l'orbite de la Terre (Wikipédia)

Puis elles se mettent à pleurer en s'embrassant, elles communiquent leur chagrin à tout le monde.

- Mamie Lyly, pourquoi on ne te voyait plus, dis ?
- C'est papa qui ne voulait pas, maintenant je crois qu'il regrette d'avoir perdu tout ce temps sans voir sa mère et de nous avoir privés l'un de l'autre !

Je me fâche un peu :

- tu penses que c'est le moment de parler de cela aux gamines ? Tiens, regarde un peu ce que dit la TV.

« A 22H25 on nous annonce en dernière minute que le président de la république s'est entretenu avec le ministre de la défense, ce dernier s'avoue complètement incompétent en la matière, néanmoins on nous laisse entendre que le président et lui ont parlé d'un sujet qui a été depuis toujours tourné en dérision par la majeure partie de la population, classe politique comprise, à savoir la possibilité qu'une civilisation extra-terrestre ou plusieurs nous rende visite, nous observe, tente de nous contacter ».

(…on croit rêver, je rêve ? moi le rationaliste qui n'ai jamais cru aux histoires d'Ovni et assimilés, entendre cela me laisse coi).

Sur une autre chaîne en boucle : « *En Australie, des passants tombent au sol après avoir perdu l'équilibre, jusqu'à présent un tel phénomène ne s'était jamais présenté. Les kangourous ont un comportement très bizarre, certains deviennent agressifs sans raison apparente. Et vous, qu'avez-vous remarqué d'inhabituel ? Connectez-vous sur notre site pour nous le préciser.* »

Maintenant ce qui se produit est proprement **ahurissant :**
En ce moment précis tous les téléspectateurs du monde voient cette image surréaliste d'un engin venu d'ailleurs qui se trouve devant le Capitole à Washington, ensuite en gros plan, descendant d'une « passerelle » Barack Obama aidé d'un « être » !

[Un rappel :

« Bataille » de L.A. 25 février 1942 (Los Angeles, rappelons que nous sommes en pleine 2ᵉᵐᵉ guerre mondiale et les Etats-Unis se préparaient activement à une invasion de la part du Japon)

Bataille de LA / **je cite**

La soirée du 24 février fut ordinaire, quelques exercices suivis de silence avant 22 heures. Je suis allé me coucher et j'ai lu un peu à la lumière de la lampe électrique que je cachais sous mon oreiller, puis je me suis endormi.

Vers 3h15, je m'éveillai au bruit de ce que je cru être un orage distant, puis je pensais qu'un exercice avait repris malgré l'heure tardive mais il y avait quelque chose dans la vitesse et l'intensité du bombardement qui ne collait pas avec ce que nous entendions tous les soirs. Ma chambre faisait face au sud si bien que je voyais l'océan de biais, cependant le coin de ciel que je pouvais voir était empli de lumières aveuglantes de projecteurs ainsi que d'éclairs lumineux d'explosions.

*Grâce à tous les exercices sur des cibles dont j'avais été témoin, j'étais tout à fait à l'aise pour reconnaître quelque chose de **différent**. Les faisceaux des projecteurs et les explosions avaient toujours eu lieu assez loin au dessus de l'océan et pour la plupart, invisible depuis ma fenêtre quand j'étais dans mon lit. Cette fois-ci, tout semblait beaucoup plus proche. J'entendis mes parents parler dans le couloir et je sortis. Mon père avait l'air inquiet et disait que **ça n'avait aucun sens**. Il était gardien de surveillance de raid aériens et avait essayé de joindre le quartier général de la défense civile mais il n'obtenait pas de réponse. .../...*

Il est vite revenu, plus inquiet que jamais et dit à ma mère de m'emmener ainsi que mes trois grands-parents qui vivaient avec nous, en bas dans l'abri qu'il avait commencé à construire l'après-midi du 7 décembre...

La bataille de Los Angeles est un « classique » de l'ufologie : **les tirs depuis le sol n'avaient**

190

aucun effet sur les « appareils » pris dans les faisceaux des projecteurs.]

L'être avait une forme humaine, était de petite taille, vêtu d'une combinaison verte, il semblait que sa tête était disproportionnée car plutôt grosse, un crâne en « pain de sucre », quant aux yeux bridés ils étaient immenses, presque pas de nez, une bouche à peine perceptible, bref le parfait *petit homme vert* des romans de SF.

C'est lors de l'interview qui suivit que le président des Etats Unis indiqua la raison de sa faiblesse constatée pendant la descente : il dit qu'après avoir été en état d'apesanteur pendant au moins une heure alors qu'il retrouvait brusquement la gravité terrestre lui avait « coupé les jambes » et s'était ajouté au traumatisme subi pendant le contact rapproché.

Le temps nous est compté maintenant mais nous nous prenons à espérer malgré tout car après avoir vu Obama en cette compagnie encore inimaginable il y a moins d'une heure pour pratiquement chacun de nous - ceux qui

« croient » aux OVNIS comme ceux qui n'y croient (croyaient ?) pas – nous rend l'espoir.

Pourquoi le récit d'Adrienne Bolland[26] me revint-il en mémoire à ce moment précis ? (est-ce de la transmission de pensée ?, nous allons y revenir tout de suite).Quand j'étais plus jeune mon père me « bassinait » avec « ses » histoires liées à l'Histoire de l'aviation alors que je n'y étais pas très sensible car plutôt tourné vers l'avenir.
Je suis pilote de ligne dans « une grande compagnie » comme il est d'usage de dire, il m'arrive, quelquefois, lorsque je survole les Andes en 777 – « triple 7 » comme nous disons pour le plus gros biréacteur du monde, le Boeing 777 - de repenser à cette aviatrice si téméraire qui a vaincu les hauts sommets de la Cordillère aux commandes de son Caudron G3 sous motorisé entre Mendoza –Argentine – et Santiago du Chili.

Voici l'essentiel de l'interview d'Obama par CNN :

---

[26] Wikipédia et www.aerodrome-gruyere.ch

- Monsieur le président, vous comprendrez que nous sommes avides de vos réponses !
- Je vous comprends, quand je pense que je faisais partie des sceptiques quant à la possibilité de rencontrer une forme d'humanité, disons « avancée » car c'est ce que je déduis de la rencontre que je viens de **subir** : il s'agirait peut-être bien de représentants de notre humanité mais à un stade infiniment plus développé, comme vous pouvez l'imaginer, que celui auquel nous nous trouvons, je ne sais si je me fais bien comprendre… Bien sûr, je ne doute pas un instant que certains penseront à un subterfuge, à un montage, à un trucage aussi je ne peux que les encourager à faire l'effort nécessaire pour admettre cette réalité.
- Vous voulez dire que nous n'avons pas affaire à une espèce venant d'outre espace ? Si je peux m'exprimer ainsi.
- Exactement ! Et c'est plus complexe qu'il n'y paraît mais pour simplifier, je dirais qu'eux sont « dans leur temps à eux » le plus souvent et nous dans le

193

nôtre. Il semblerait, d'après ce que j'ai pu comprendre car la difficulté de communiquer est de tous les instants, qu'ils *aient des « bases » terrestres depuis toute éternité*, ce qui ne les empêche pas d'aller et venir dans un univers « proche » (si je puis dire) et aussi, bien plus lointain. ***Ici je repense à l'aventure d'une aviatrice française des débuts de l'aviation*** (la transmission de pensée ?) : une voyante ignorante des choses de l'air lui avait prédit ceci, alors qu'elle n'avait **jamais** visité cette région montagneuse : « à un moment vous serez dans le fond d'une vallée qui tourne à droite. Il y aura un lac. Vous le reconnaîtrez: il a la forme et la couleur d'une huître, vous ne pouvez pas vous tromper. Vous aurez envie de tourner à droite. ***Il ne faut pas***. Les montagnes sont plus hautes que vous ne pouvez monter et il y a des forces maléfiques de ce côté.»

Eh bien, par télépathie «ils» ont réussi à me transmettre ces informations: **ils possèderaient une base importante dans la région de ce lac,** dans les Andes... et là

194

j'avoue que je manque de recul (il me faudra, si le temps m'en est donné, m'entourer de spécialistes de la relativité car Einstein – jusqu'à présent- n'était pas ma tasse de thé ! - sourire-. Tenez-vous bien : eux seuls peuvent manipuler l' « espace-temps » comme l'on dit en S.F. et d'après ce que j'ai pu comprendre, ils ne s'en privent pas ! ».

Ceci pourrait contribuer à un début d'explication de l'incroyable histoire arrivée à un avion de transport de fret appartenant à une compagnie allemande, qui transportait du matériel « high-tech » dans les années 80; celui-ci survolait les Andes quand il avait disparu subitement des écrans radar sans qu'aucune trace n'en soit jamais retrouvée.

S'était-il –malgré lui- retrouvé dans un univers parallèle, dans le futur ? Des humains le sauront-ils un jour ?
Maintenant qu'il ne reste qu'à peine une heure, que pouvons nous faire ? C'est la question que le monde entier se pose.
Evidemment l'on ne peut s'empêcher de se laisser gagner par un certain optimisme : après avoir entendu les propos d'Obama, si, *dans le futur*, les Alliens (appelons-les comme cela ou bien E.T. mais sont-ils vraiment des extra-

terrestres ? En fait peu importe pour le moment) peuvent se trouver sur la Terre c'est que la destruction de celle-ci n'aura pas eu lieu ou en tout cas qu'elle aura été limitée...

- Croisons les doigts, dit ma mère, qui ne parait plus trop croire à la catastrophe finale annoncée.
- Au moins tout cela aura permis de vous retrouver ajoute Sylvie, qui n'est pourtant pas pour rien dans notre éloignement.
- Pourront-« ils » faire quelque chose ? ajoutai-je, bien que je ne suis toujours pas, hélas, convaincu de « leur » réalité.
- Ah bien sûr toi le rationaliste ! Bon sang ! Que fais-tu de l'observation d'un de chez nous, qui a fait état de l'observation, lors d'un vol Nice Londres, d'un énorme engin de plusieurs centaines de mètres de longueur, survolant la région parisienne, c'est Jean-Charles D., la copilote Valérie D. l'a aperçu aussi ainsi que les radars ! mais quand on ne veut pas croire !

Les échanges continuèrent plus longtemps qu'on ne l'avait voulu, chacun défendant sa position. Il n'était pas question de laisser passer l'heure !

-   Je ne comprends PAS ce qu'il se passe dit maman, je suis certaine d'avoir vu l'heure affichée en bas de « la télé » il y a quelques minutes : c'était 23H27, je me suis même dit : « c'est pour tout de suite ».
-   Oui, et alors ?
-   Il ne s'est RIEN passé, cria ma compagne ! Regarde l'heure ! (un bref coup d'œil à ma montre : 23H40), OUF ! on s'en est « sorti » ! C'est à peine croyable, **j'exulte**…

En bas de l'écran de la TV il est 1H40 !!

La Terre a fait un bond « dans le futur » de DEUX heures, c'est cela le *miracle*.
Merci les E.T. ! (Il faudra que je mette ma montre à l'heure mais aussi ma façon de penser).
Je sais que j'aurai du mal à accepter cette évidence : la Terre renferme encore bien des secrets, une autre civilisation que la nôtre, même en considérant que celle que nous

197

allons commencer à découvrir en est issue
(mais comment en être sûr ?) partage avec
nous notre planète.
Tout d'abord, comme les habitants de la Terre
entière je suppose, nous nous congratulons et
nous embrassons en pleurant de joie lorsque
nous réalisons ce qu'il vient de se produire :
nous avons échappé à une catastrophe
effroyable.

Maintenant à quelles suites doit-on s'attendre ?
Si nos bienfaiteurs pensent comme nous, nous
devons nous attendre à devoir donner des
« compensations », peut-être que ceux-ci sont
complètement étrangers à cette façon de
penser et c'est tant mieux pour notre
humanité !

Obama se félicite de la tournure qu'ont pris les
évènements et n'est pas le dernier à admettre
que la manipulation de l'espace-temps n'est
pas encore notre domaine. Quant aux
dirigeants français, à part le président et le
premier ministre qui se sont exprimés dans la
joie, ils attendent une heure plus adaptée pour
en dire davantage.

La nuit qui suivit, je ne dormis pas bien, une sorte de malaise me tint éveillé car je me dis que plus rien ne serait comme avant (*avant* c'était quand l'existence de nos « frères » appartenant à une humanité différente n'était pas officiellement reconnue).

Mon prochain vol m'emmènerait à Kuala Lumpur (13H50 sans escale), c'était après-demain que je devais rejoindre Roissy d'où je partais le plus souvent. A raison de deux vols long-courrier et demi par mois je ne me sentais pas surchargé mais la fatigue était plutôt liée au stress engendré par cette fonction.

Le vol suivant me conduirait au Chili ! Par Buenos-Aires. Etait-ce cela la raison de mon insomnie ?

Maman rentra chez elle, nous nous promîmes de donner des nouvelles chaque semaine, dans le cas où je me trouverais à l'étranger je ne pourrais répondre à un appel ni appeler sauf urgence.

Le prix à payer ?

Je suis OPL (copilote) sur 777, comme je l'ai déjà dit. Sur la première partie du vol nous menant vers Buenos-Aires, j'étais avec l'autre copilote : PEF (pilote en fonction) ; le, plutôt la, commandant de bord (CDB ou « captain » dans notre jargon) étant en repos ainsi qu'un autre « copi » comme cela se passe souvent sur les très longs vols, c'est ce qu'on appelle *équipage renforcé*[27]. La CDB avait été PEF lors de la phase de décollage. La dernière partie du vol verrait aux commandes la CDB et le troisième copi et nous irions nous reposer, ouf ! Vous me suivez ?
Le vol vers Santiago continuerait avec la CDB et moi-même comme copilote, les deux autres copilotes restant à Buenos-Aires où notre vol

---

[27] D'après Corporate.airfrance.com

AF394 est attendu à 7H50 locale (12H50 heure de Paris), nous avons un quart d'heure de retard, rien d'anormal.

Santiago est prévu une heure quarante cinq minutes après le décollage de Buenos-Aires, environ une heure pour traverser les Andes, c'est peu.
Inutile d'ajouter que cette partie du vol en laisse plus d'un le souffle coupé tellement les paysages grandioses de montagnes parsemées de lacs, de rares petites villes au bord de plateaux sont d'une intense beauté. Le miroitement des eaux des fleuves et rivières augmente encore notre ravissement, même les plus blasés succombent.

A un moment (plus qu'un moment ?) seul dans la cabine, la captain s'étant absentée, j'aperçus Mendoza et là je ne pus m'empêcher d'y penser : c'est de cette ville que notre héroïne partit le 1er avril 1921 pour sa traversée légendaire aux commandes de son Caudron G3[28].

---

[28] NDA : Alors que je préparais mon brevet de pilote sur l'aérodrome de St Cyr-l'Ecole, nous avons, mon instructeur et moi, aux commandes d'un

D'abord le froid omniprésent qui me glaçait tout le corps, j'avais beau m'être protégée avec du papier journal enfoncé dans mes vêtements, je ne pensais qu'à cela : avais-je encore des mains ? *Je ne savais pas ce que je faisais là !* Il me fallut bien dix minutes pour comprendre ma situation... **Qui étais-je ?** Je commençais à me rappeler comme dans un brouillard ma nuit à Mendoza, j'étais là pour traverser les Andes, je n'avais aucune idée de la date, ça se passait mal dans mon cerveau ! J'avais envie de pleurer tellement je souffrais, soudain mon identité me revint : j'étais Adrienne Bolland, une femme de caractère qui n'avait pas pleuré depuis longtemps.

En dessous, je ne reconnaissais *rien (j'avais pourtant dû préparer mon vol !) comment avais-je pu oublier mes cartes ?* Il ne me restait que le soleil pour m'orienter, si peu !

Ensuite, mon moteur de 80 CV, c'est faible, il faut faire avec, la montagne qui se rapproche, heureusement je ne vole pas vite, je tire sur le manche, commence à monter, je surveille le compte-tours, il ne faut pas l'emballer, et la

Piper-cub, rattrapé un G3 identique ! C'était vers 1959-60 (un bond dans le temps *aussi*).

pression d'huile ? Et la température culasse ?
J'essaie de garder le cap à l'ouest, mon
moteur souffre, de l'endroit où je suis je me
rends compte que « ça ne passera pas », je
vire de 180 ° pour m'éloigner de la montagne
avant de recommencer la montée de plus
loin, j'en profite pour diminuer les gaz afin de
laisser le moteur « souffler » un peu un
moment en restant en palier...
Je fais une nouvelle tentative, je me remets
cap plein ouest en commençant à monter en
même temps, je crois que je passerai, le vent
souffle de l'est (vers la montagne) et devrait
créer une ascendance (j'en ai bien besoin)
mais ATTENTION de l'autre côté : les
« dégueulantes » : les « rabattants[29] » qui là ne
m'aideront pas.
Je me souviens des prévisions de la voyante et
du lac en forme d'huître et bien que ne croyant
pas beaucoup à ces choses-là, au dernier
moment je reconnais le lac et suivant son
conseil je tourne à **gauche** !

Je ne vous raconte pas toutes les péripéties
avant et après mon arrivée à Santiago du

---

[29] Courants descendants qui ramènent brutalement
vers le sol

Chili, je cite ici un court extrait de mon
« journal »[30] :

*« Je volais depuis près de trois heures. J'avais
beau avoir pour neuf heures d'essence, je n'en
menais pas large. Tout à coup, sur ma droite,
j'aperçois des cours d'eau qui coulaient dans
l'autre sens. Et tout de suite après, la plaine,
avec une grande ville presque droit devant
moi. Santiago ? Ce n'était pas certain, mais
des villes de cette importance, il me semblait
qu'il ne devait pas y en avoir des quantités au
Chili.*
*Le temps de me poser la question et j'étais
dessus. On m'avait dit que l'aérodrome était à
7 kilomètres de la ville. Je fais un virage à
gauche et j'aperçois, sur le terrain, des points
qui brillaient sous le soleil. En m'approchant,
j'ai compris: on m'attendait avec la musique
militaire...*
*Avec mes doigts raides[31], j'ai eu l'impression
que je n'arriverais jamais à me poser sans
casse. Mais tout s'est passé on ne peut mieux.
On avait étendu sur le terrain trois drapeaux:
celui d'Argentine (d'où je venais), celui du Chili*

---

[30] Toujours :   http://www.aerodrome-
gruyere.ch/hommage/cordillere.htm
[31] Ils avaient gelé !

et le drapeau français. J'ai touché, hélice
calée, au beau milieu de nos couleurs. Je ne
l'avais pas fait exprès, mais tout le monde a
crié au miracle:
«Quelle précision !».

Ce jour-là le vol Air France n'arriva pas à Santiago !

« On » nous dit que nous sommes arrivés DEUX FOIS à Buenos-Aires (mais nous n'en avons aucunement conscience) : la première fois à 8H05 locale (15 minutes de retard), jusque là pas de problème, je m'en souviens très bien. Et la seconde fois à 16 heures (heure locale) ?! Cette dernière escale *n'existe* tout simplement *pas* dans ma tête d'autant plus que je suis débarqué souffrant de graves brûlures aux mains.

Après l'escale argentine (maintenant je précise : *la première*), nous avons pris la direction du Chili. La CDB est PEF, au début aucun incident à signaler, La « captain » quitte

205

son poste pour un bref moment, ce n'est que vers Mendoza (c'est ce que l'enquête déterminera avec mon aide) que *tout* commence à s'embrouiller !

Au risque de me répéter, à Mendoza mes pensées vont vers notre célèbre aviatrice... c'est à partir d'ici que l'avion disparaît des écrans radar du Chili, le transpondeur de notre appareil immatriculé F-GSPA ne montre plus notre position entre l'Argentine et ce pays mais au-dessus de l'Atlantique à des heures de l'atterrissage à Buenos-Aires !

Les secours déclenchés au Chili ainsi qu'en Argentine le seront avec beaucoup de retard et ne donneront rien. L'équipage n'a pas été très loquace car incapable d'expliquer quoi que ce soit, moi pas davantage que les autres, néanmoins je suis le seul membre du vol AF394 qui intéressa plus particulièrement les enquêteurs car je présentais des signes d'hypothermie avancée (je ne vous parle pas de mes mains !) lors de la *seconde* arrivée en Argentine où je fus, bien sûr, hospitalisé, je fus ainsi le dernier de l'équipage de ce vol AF394 à revenir en France.

A Buenos-Aires le vol vers le Chili sera
« cancellé » (annulé) car il n'y aura pas
d'équipage de rechange ; il sera proposé aux
passagers pour Santiago d'être logés à l'hôtel
jusqu'au vol du lendemain...

Les autres membres n'ont pas tardé à être
rapatriés en France, *en pax* (passager), on
imagine sans mal !

Je suis un héros malgré moi, le monde entier a
entendu parler de cet « incident ». Mes
proches, y compris ma mère, étaient ravis de
recevoir mon appel depuis Buenos-Aires ce
jour de début novembre 2013 mais inutile de
dire que leur trouble fut énorme, le mot est
faible, quant à moi je suis suivi par des
psychologues évidemment (même davantage
que mes collègues !) comme tout l'équipage
concerné par cette « petite manipulation » sur
l' « espace-temps », appelons cela ainsi.

Jamais aucun des autres membres d'équipage
ni aucun des passagers du vol AF394 n'aura
été en mesure de fournir une explication sur
l'expérience qu'ils vécurent ce jour de la
Toussaint 2013, je suis certain que beaucoup
ont préféré oublié, quant à moi mon expérience

fut double si j'ose dire : dans le laps de temps (8 heures) que chacun a vécu, j'ai expérimenté, ma chair en porte encore les traces, avec un recul de quatre-vingt treize ans, les **souffrances**[32] d'une célèbre aviatrice des temps héroïques, nous devons une fière chandelle à nos prédécesseurs, sans qui nous ne pourrions pas voler dans le confort que nous connaissons.

Nous, les membres d'équipage, aussi bien PNC (personnel navigant commercial) que PNT (personnel navigant technique) avons repris nos fonctions, pour moi ce fut un peu plus long car je dus passer par des séances de rééducation pour mes doigts et de nombreux entretiens avec les « psys ». Ma licence de pilote fut suspendue pour six mois. L'avion F-GSPA a été examiné sous « toutes les coutures » et a repris du service sur toutes les lignes long-courrier de notre grande compagnie.

---

[32] Ma compagne ayant été mise à contribution par les enquêteurs révéla au fil des mois ce que je « racontais » dans mes rêves récurrents (je rêve tout haut !) en fournissant à ces derniers des éléments authentifiés sur « mon » expérience de la traversée des Andes.

J'aurais pu avoir moins de chance car le fait d'avoir vécu quelques heures en 1921 aurait pu me vieillir considérablement !

Arrêtez de jouer avec nous !

Bien sûr des recherches vont être entamées par l'ONU, la CIA ; l'OTAN va participer, Google Earth est mis à contribution ainsi que le gouvernement chilien pour essayer de trouver une indication vers le « *lac en forme et couleur d'une huître* » mais il y a beaucoup d'autres endroits qui peuvent attirer notre attention.

Les langues se délient : on parle de l'Antarctique, de l'Himalaya où des mouvements d'engins « bizarres » sont rapportés, d' « appareils » de la taille d'un porte-avion qui émergent des flots et bondissent vers l'espace sous les yeux d'officiers de la Marine Nationale « médusés » !

Peut-on penser que l'humanité est entrée dans une nouvelle ère ? Pour la majorité des personnes interrogées c'est à n'en pas douter.

Néanmoins la prise de conscience demandera du temps. Nous avons affaire à une nouvelle gageure : entrer en contact d'une façon constructive avec les Alliens (sont-ils si étrangers que cela ?) Ont-ils envie que nous entrions en contact ?

Vol AirFrance de Buenos-Aires à Paris, le 3 mai 2014

Mesdames et Messieurs, ici votre commandant, Adrienne Bolland et tout l'équipage vous souhaitent un agréable voyage sur ce vol AF393 à destination de Paris-Charles de Gaulle, notre temps de vol sera d'environ 13 heures, décollage dans moins de deux minutes.